天赐情怀

陈龙 著

苏州大学出版社
Soochow University Press

▲ 树是树的孩子 / 大地才是真正的母亲 // 这让我想起祖国

生活在父亲的书柜里
生活在日出的拥抱中
生活在女儿的图画上
生活在叮当响的北凌河

生活在未来的人是幸福的
生活在工作和工资之外
生活在蔬菜和瓜果之外
生活在文字和语法之外
生活在喜好和厌恶之外

你是幸福的
生活在历史、记忆和未来
像鹰生活在天空
村庄河流山峰是你天花板上的雕饰
那些兔子般四处谋生的男人
那些蛇一样蜿蜒曲折的女人
…………

十年后的春天，我又读到了他即将结集出版的一部诗稿《天赐情怀》，令人感慨。翻检这些诗稿，可以看到诗人与时代一起前行的轨迹，这也是与生活同频共振的心电图。其间，有收获的喜悦、生命的沉淀、诗歌与哲理交融的凝思，正如他在《秋收后的稻田》一诗中所言：

天空闪耀着镰刀的光芒

▲ 树是树的孩子 / 大地才是真正的母亲 // 这让我想起祖国

序

小 海

2011年春天，陈龙兄发来电子邮件，送给我一首比较长的诗，标题就叫“你是幸福的——致小海”。这令我意外又感动。意外的是，他在繁忙的工作之余，居然继续在偷偷写诗，而且这首诗委实写得不错。感动的是，他用诗的形式写出了阅读我的诗集《北凌河》、诗剧《大秦帝国》等作品的感受，还有对诗歌这种文体本身的真知灼见。这是一份珍贵的礼物，也是友情的见证，所以，我一直保存着。兹摘录前四节如下：

生活在历史中的人是幸福的
生活在始皇帝的剑鞘里
生活在屈夫子的舌尖上
生活在长城的瓦砾中
生活在古墓的盗洞旁

生活在记忆中的人是幸福的

生活在父亲的书柜里
生活在日出的拥抱中
生活在女儿的图画上
生活在叮当响的北凌河

生活在未来的人是幸福的
生活在工作和工资之外
生活在蔬菜和瓜果之外
生活在文字和语法之外
生活在喜好和厌恶之外

你是幸福的
生活在历史、记忆和未来
像鹰生活在天空
村庄河流山峰是你天花板上的雕饰
那些兔子般四处谋生的男人
那些蛇一样蜿蜒曲折的女人
…………

十年后的春天，我又读到了他即将结集出版的一部诗稿《天赐情怀》，令人感慨。翻检这些诗稿，可以看到诗人与时代一起前行的轨迹，这也是与生活同频共振的心电图。其间，有收获的喜悦、生命的沉淀、诗歌与哲理交融的凝思，正如他在《秋收后的稻田》一诗中所言：

天空闪耀着镰刀的光芒

没有人留意她脸色蜡黄
稻谷刚刚入仓
…………
村庄的胃口越来越大
老农的步子愈发踉跄
田埂上传来熟悉的咳嗽
她的肾上腺素陡然上升
若无其事地话说来年春光

秋收后的稻田——让读者存有多义的释读——是休憩、休整、休耕，是流连、放弃、惜别，是沉潜、积蓄、新生——诗歌中有季节的轮转，更有诗歌自我的成长。个体的经验和感受触发了人类普遍的情感与期待，恰如我们信任大地一样，日趋走向成熟的诗人，往往也会信任诗歌文本的自我成长。因为，诗歌是从诗人独特的生活里生发出来的，自然会传达出生生不息的丰富信息。

读完这首诗，眼前浮动着法国大诗人瓦雷里长诗名作《海滨墓园》中的句子：

多好的酬劳啊，经过了一番深思，
终得以放眼远眺神明的宁静！

诗歌是用心灵生活的一种形式，时时让我们警醒。诗歌写作本身则是一种唤醒方式，一种心灵意义上的叫醒服务，让我们的心不致被尘俗的生活遮蔽，在浑浑噩噩的昏沉生活中虚度光阴。长于观察，善于发现，做生活最锐利的观察家，是成为一个好诗人的前提条件之一。在作者那里，诗歌也是心灵的秘密花园，向未知世界敞开的一扇心灵之窗。这不是一种态度，而是一种生活方式，一种心灵的律令，更是作者时刻保持着跟自我进行对话的一种能力。他的许多诗都是这样产生的。正如下面这首短诗中，作者所留意到的旅途中寻常的一幕——在时代风驰电掣的高速列车上窥见的鸟窝：

整个冬季
树与鸟窝紧抱在一起

鸟窝是树挺着的大肚子
怀孕的树是骄傲的
因为不是每棵树都能
怀上，鸟窝是大红花
鸟窝是光荣榜
狂风也吹不掉的熟果子
…………

在日常性中能否发现诗，考验的是一个诗人的眼光与能力。作者是日常生活和平凡风景里的诗人，生活中的所思所感、所疑所惑，都会成为灵感来源。他有一首诗，名为《颈椎病》。正如诗歌所言，“仔细品品，这就是一则寓言”：

…………
对于整个宇宙而言
一颗星的渺小
应该更甚于人群中的人
我们不停为星星送去赞美

自己却一副可怜
颈椎病的根源
一般在埋头太久
眩晕的症状之一
就是满眼星星闪烁
仔细品品
这就是一则寓言

中国古贤讲：人无远虑，必有近忧。古希腊哲学家泰勒斯因惊讶于夜空的壮丽，在观察星辰时没有照顾好脚下而跌到坑里，被俗人们嘲笑。黑格尔也因此说道：“只有躺在坑里，从不仰望天空的人，才不会掉到坑里。”作者在诗歌中用自嘲的方式，从颈椎病的病相表现出发，解构了我们这个时代中的人相、我相和众生相。

作者还写有一首《拜你为师——致本命年的儿子》，更是放下了父道尊严，甘于“低人一等”，以儿子为师。其中转换角色的设定，让人忍俊不禁：

儿子
告诉你一个秘密
这些年
我凿壁偷光
悄悄以你为师

从襁褓中啼哭
到跌跌撞撞走路
挎着书包上学

歪歪扭扭写字
跟随你
我已学了十二年
…………
跟着你
我越来越顽皮
约好一起出国
没征得你同意我就逃了学
说好参加家长会
我却旷课了好几回
你发着 39 度高烧
喃喃地念叨我
而我也曾溜过号
佯装没听见
每一次
我都能找到借口
加班接待出差开会
…………

这首诗的切入点很巧妙，用父子角色互换来体验儿子的人生。父与子之间的关系是独特而奇妙的。他们既是有血缘亲情的生命链中的一环，同时每个人又各自拥有独一无二的专属自己的人生。在父子之间的相视一笑中，我们不妨反思一下学校的教育理念和家教的方式方法，好在，诗中得出的荒谬悖论并不那么辛辣，而更像是一道餐后甜品。

朗诵诗，可以算是诗歌中的一个特殊类别。创作朗诵诗时，要兼顾诗歌中的音乐性，也即诗歌中的“声音”。因此，朗诵诗的语言必须有一定的表现力，甚至要有调动听众情绪的感染力。朗诵诗的创作看似容易，实则很难，这也是我本人一直不敢涉足的领域。记得我的朋友当中确有几位高手，比如《苏州杂志》原主编陶文瑜先生、昆山市文联前任主席老铁兄。收在这部诗集中的《昆山之路》《家园》等朗诵诗，均做到了史实与诗情的有机融合，情绪饱满，节奏明快，收放自如，确属朗诵诗中的精品。这组朗诵诗也可以说是诗歌中"声音"的艺术，这"声音"中有愿景，有温度，更有一份独属于创业者、见证者的激情与自豪。

作者的这部诗稿中，还有一部分系仿古诗。所谓仿古，本身就有形式规范上的要求和限定，虽说字数、节奏、音步、韵脚等均有一定的规制可循，但其法度也不是不可逾越的，这也是不按严格的传统诗词格律来写自由体仿古诗蔚为大观的一个原因。从诗稿里信手拈来他的这首《小草》：

青青河岸草
不问枯与荣
但随春风便
冷暖皆从容

身矮为人踩
身高可作柴
贵贱似流水
千古一尘埃

起句就让我们想起了汉乐府《饮马长城窟行》中的"青青河边草，绵绵思远道"。但作者在此处是翻新古意，从事理上开拓出自己的诗思，吟出了新声。可见，这样的一类仿古诗，既不一味迁就传统，也并非与古典诗歌截然断裂。适应于现实生活内容的现代诗讲求创新，现代仿古诗一直在传承与创新之间寻找着平衡。其实，即便是一首不押韵的长短句自由体诗，其内在的节奏和韵律也是比较明显的，否则也就不成其为诗了。我注意到，他有一首仿古诗，标题叫作《清明·悼陆文夫》。

年年祭扫路
必经文夫坟
上坡三十步
行程一两分

生前非好友
隔世成故人
缘起一通话
数语暖平生

翻阅《天赐情怀》后记，得知作者当年为母校苏州大学庆生而创作过这首同名诗作。后陆文夫先生读到此诗作，特意电话征得作者同意后，刊登在他主编的《苏州杂志》上。《天赐情怀》也因此成了作者公开发表的第一首诗歌作品。

今天，笔者作为《苏州杂志》的现任主编，来为当年老主编约稿的作者诗集写序言，无疑是诚惶诚恐的。但我相信，与诗歌结缘，与《苏州杂志》结缘，一定是一份值得珍惜的缘分。在此，请允许我再次祝贺陈龙兄的诗集《天赐情怀》的出版问世。

目 录

父　亲

您用岩浆浇筑了我
一块石头

您是设计师
版权属于母亲
您设计了我的硬件
——容颜四肢心肺
也设计了软件
一种基于乡村的算法逻辑
夹杂着和您一样的瑕疵
脚气瘙痒
鼾声如雷
半杯啤酒脸红
三包香烟不醉

母亲从未获取过版税
三岁起
就放心地将我交给您
去打磨这块石头
让他坚硬

好经受风雕雨刻冰冻火炼
也让他柔情
懂得一块石头的最初温暖
懂得依偎在您肩头哭泣

您用特别的方式打磨这块石头
用滴水穿石的水
慢慢赋予他一点诗意
您知道
没有一棵树足以拯救石头
但您愿在烈日下屹立成树
至老不弃

也许有点儿失望
大半辈子
我在这人世间不温不火
做着自己
始终不愿成为一尊雕塑
而是坚持做一块石头
并用岁月的斧头斫上一行文字
您安然逝于母亲的祭日
那是四十年后的一个清晨
我理解并记录下您的无言之诗

母　亲

（一）

对于母亲
我实在记不住什么
不能怪我不孝
可又感觉实在欠她太多

一路走来
每当我遭遇意外
——惊吓或疼痛
几乎会发出同一种尖叫
“我的妈呀”……
不知这是何时埋下的种子
总要下意识地向她寻求安慰

甚至
当我在享受欢愉
也会兴奋地喊出“妈呀”“妈呀”
好像是试图向她请教
生活为何如此精彩

生命为何如此奇妙

可是
她从不给我回应
仿佛一颗甘于寂寞的星
对人世的苦辣酸甜报以波澜不惊

（二）

我本是泊在你港湾里的一条船
这港湾叫子宫
拴船的绳子叫脐带
这根绳子被人齐根剪断
留下的证据叫肚脐

风将我吹走
离你的码头越漂越远
风一刻不停地吹
哪怕早已看不见你
你也看不见我

可摸着肚脐
我常会想起你
好像还有一根脐带没剪断
一头连着你
一头牵着我

我能感受到
那根脐带
正在风中轻舞

（三）

得空回故乡扫墓
整个墓地草木丛生
我仍记得那座坟茔的方向
磕磕绊绊摸到母亲墓前

蒿草淹没了母亲的坟头
心中忽燃起无名之火
我希望母亲的墓干干净净的
静静享受阳光雨露

几根蒿草长得特别高
我认定它们是罪魁祸首
伸手就将它们连根拔起
狠狠抛向远处的地沟

余怒未消
却有一种痛正往心里钻
原来那些草是带刺的
拔草的手掌已几处伤痕

我像犯错的醉汉猛然醒来

默默跪倒在母亲墓前
因我分明听到了母亲的斥责
那些草
儿不该野蛮对待
它们立在坟头
是娘望向长路的哨所
盼儿音讯
问儿安否

从莫高窟到七彩丹霞

有人曾在莫高窟作画
一千多年过去了
那些人已化作尘土
画也已斑驳褪色

有人在张掖作画
一亿年后

▼ 给了你如花的女儿／就是给了你七彩丹霞

这幅画叫作七彩丹霞
铺在一道道山梁

七彩丹霞不曾褪色
相反，每下一场雨
都会更添一份亮丽
无意中泄露了一份秘密
这幅画尚未完成
作画的人还在努力

他不仅画七彩丹霞
也画到此一游的人
从神情、服饰到内心
一茬茬人都不同
人是他的进行时

有人渴望永生
他就让他们迷上宗教艺术
在莫高窟中画出一家老小
与佛祖一样栩栩如生
与佛像一起慢慢老去

有人不明白莫高窟高在何处
他就让第十七窟裂开一条缝
把那数万册文字抛向世界
像投下原子弹
有人后悔不及有人从中渔利

有人只想成全别人
他就让他们寂寂无名
用一生守护莫高窟
让那些洞窟画像
老得慢一点再慢一点

有人喜欢看风景
他就让他们千里迢迢赶过来
从莫高窟到七彩丹霞
上车说笑下车拍照
一家人开开心心真好

他也会安排些小插曲
让人忍不住发脾气
到了七彩丹霞
朋友本想拍张全家福
可大女儿厌烦了拍拍拍
小女儿因没饮料哭鼻子

朋友摇头说"苦海无边"
话音未落天就下起了雨
我懂他的意思
给了你如花的女儿
就是给了你七彩丹霞
你还有什么不满意

天赐情怀

——为纪念苏州大学百年校庆而作

有人问
一百年到底有多长
钟乳石告诉我
它只是短短的一寸时光

▼ 有人问 / 一百年究竟有多长 / 天赐庄告诉我 / 它便是整整几代人的梦想

有人问
一百年究竟有多长
天赐庄告诉我
它便是整整几代人的梦想

这样的回答
总让我有些惆怅
这样的回答
总让我有些迷惘
一百年太久
我只恋夜空中最亮的星辰
一百年太久
我只恋旅途中最美的景象

那些年
我们都很年轻
单纯得只有一卷书
和一双憧憬的眼睛
那些年
我们充满好奇
迷恋着范仲淹的诗句
以及唐寅秋香的幽趣

我枕着姑苏的小桥流水
一梦数年
直到变成一只放飞的雄鹰
还未明了今夕何夕
我嗅着深巷的茉莉花香
一觉天明
直到变成一叶远航的风帆
还未分清书香与花香的气息

于是
在一个游子的梦里
母校总与人间最美的地方连在了一起
于是
在一个水手的心中
母校总是一片亮丽而温柔的锚地

我目睹了冀北的秋风骏马
塞外的落日斜阳

我游历了亚马孙的林海
大西洋的波浪
欧风美雨没有让我沉迷
觥筹交错没有让我陶醉
我像一只风筝
（飞得很远很远的风筝）
始终被你牢牢地牵挂

还记得吗
隔壁班级的那个女孩
（长得像我吗）
她是那样的美丽纯洁又大方
（美丽纯洁又大方）
为了送出的第一封情书
我翻开了图书馆所有的诗集
却没有能够叩开姑娘的心房
（后悔了吗）
不
你告诉我
只要是美的
就要一往无前地爱
就像爱生命就像爱阳光

还记得吗
宿舍里面红耳赤的争论
（争论一个时新的话题）
我舌战群儒

将所有的文静抛进了蚊帐
（她们引经据典常让人猝不及防）
是的
我有些猝不及防
（服输了吗）
不
你告诉我
要用自己的头脑思想
探寻真理
就是探寻明天的希望

还记得吗
教我们写作的那位老师
（我快要流泪了）
她是那样的和蔼亲切又有才华
（和蔼亲切又有才华）
有一天
她在黑板上写下一个大大的
“人”字之后
她的身体像一片悠悠的树叶
飘落在讲台之上
（一片青青的树叶呀
为什么你要落下）
教室里出奇地沉寂
谁也没有发出一丝声响
（沉寂啊
只有泪水还在流淌）

你累了
是该好好地歇歇了
（你走了
也把我们的心带到了远方）
可是，看啦
你的教鞭就像一根神奇的魔杖
（那样的神奇）
变成了一支支燃烧的火把
（流动的火把）
紧握在一代又一代学生的手掌
正将无数颗心灵照亮

还记得吗
毕业前的那次聚餐
（喝的是江南米酒）
女生们也端起了搪瓷茶缸
向老师向好友
向从未交谈过的男生
诉说心中深藏的话
（临别的话呀
像陈年的米酒一样芬芳）
我们笑啊哭啊
然后将“杨柳岸，晓风残月”的
诗句吟唱
（喝醉了吗）
我多想醉啊
我怕听离别的笙箫

我怕听忧伤的歌谣
我知道
从此相思绵长
（绵绵长长）
只愿酒醒时人在他乡
（断肠人在天涯）

母校，今天
我又回来了
纵然青丝已成白发
我却因你不老的青春
而满怀欢畅
母校，今天
我又回来了
纵然归来是空空的行囊
我却因你枝繁叶茂
而热泪盈眶

钟楼的晨钟还是那样清脆
缠绵的白鸽还在方塔边翱翔
青春多彩呀
我的学弟学妹
真想和你们一起舞蹈
真想在一牵手的刹那
将无限的感动彼此分享

相门城头的灯火灭了

护城河里的桨声淡了
二千五百岁高龄的姑苏城啊
过去
八大城门是你的荣耀
今天
四海英才正为你书写新的自豪
多想　再品一品酸甜的梅子
多想　再尝一尝甘洌的米酒
醉　就醉在天堂的夜里
醉　就醉在母校的怀抱

分别
是如期而至的候鸟
不容我有片刻的迟疑
可我不再怕离别的笙箫
不再怕忧伤的歌谣
让我轻轻对你说
（轻轻地）
母校
（亲爱的母校）
我是您哺育与放飞的学子
在您前行的路上
永远为您守望

（注：苏州大学前身东吴大学成立于1900年，本部校址位于苏州古城东南“天赐庄”。）

暖　流

儿子睡前常说
陪一陪我
我会教训他
小男子汉了
为什么还要人陪
说归说
心里却有一股暖流

小时候
父亲常在外漂泊
每次回家
我总会赖着他
一起睡觉
后来父亲老了
我在外工作
难得回家时
父亲每次第一眼看我

我都能感受到
那眼神中
燃烧着一团火

这团火
如今想看也看不到了
化成了
我心底的那股暖流

我享受在人潮中穿行

走出宁静的小区
我享受在人潮中穿行
金鸡湖涌动天文潮汐
这是一年中最壮观的时节

作为一滴水
我不可能独自高涨
我喜欢被潮水裹挟
借你的汹涌
绽放成一朵浪花
我也愿竭尽全力
一次次托举起潮头
如同八月十八的千里钱塘

我享受潮水中的蜿蜒蛇行
这是扩大邂逅的方式
不止于如花少女
不止于甜蜜恋人
即便遇见闲庭信步的宠物狗
我也愿闪开一道缝隙
让它深入我的记忆

我的艳遇不限于爱情
我愿与所有笑脸撞个满怀

我享受潮水中的跌宕起伏
这是拓展时空的方式
不止于耄耋老人
不止于学步孩童
我穿过南腔北调看见五湖四海
我穿过
苍老的
青春的
稚嫩的
脸庞
看见昨天今天未来

我在星光照耀下奔腾
我相信
这星光照耀着每一条江河
每一条江河都在伴歌
大地正归纳辽阔的收成
微风正整理闲散的行云
人们换上春天的服饰出发
脚步汇成滚滚洪流

国庆总在金秋来临
我喜欢这写满山川的隐喻
我喜欢用这隐喻淹没自己

文如人生

过去常绞尽脑汁
努力让文字变美
动词是骨骼
名词是肌肉
形容词是皮肤
回头看
当年皮肤细嫩面容姣好
但总感觉四肢发达头脑简单

后来越来越老谋深算
也练了几块腹肌
骨头更硬了
少了形容词
皮肤却一天天松弛
有人夸生姜还是老的辣
可年轻人不喜欢
外表老气横秋
内里骨质增生

文如人生
也为科学所佐证
研究发现
四五十岁是多数文人的黄金期
女人丰满而不肉赘
男人成熟而不过头
知道拿捏分寸
又善于撮合
动词名词男欢女爱
如鱼得水

肉是诗的名词

肉是名词
猪肉不是
牛羊肉也不是
只有奔跑的才是
在诗歌里奔跑
挣脱胃的束缚
把灵魂带向远方

李清照的芭蕉才是
郭沫若的凤凰才是
李白的飞流三千尺才是
舒婷的橡树和三角梅才是
我的枯竭的想象不是

将优美的线条勾勒出来
将犀利的骨刺包裹起来
这善良的肉
美得让人动容
在难以自拔时愈发丰盈

头皮下
藏着太多欲望
所以只能生出长发
试图对说教欲盖弥彰

再美的形容词也是荒漠
清泉推动绿洲
仿佛生命之剑
刺向濒死的土地

我喜欢那些鲜活的东西
肉，是诗的名词

短　歌

祖 国

树是树的孩子
大地才是真正的母亲

这让我想起祖国

母 亲

母亲遗存的唯一一张相片
父亲给了我
那时她已身患绝症
依然满面春风

父 子

院子里蛰伏的种子
正念着田里抽穗的麦子

爱 情

（一）

每个人都是一片海
你却对我毫无保留

（二）

让自己哭过
让别人哭过
分手的时候泪干
重逢的时候井空

夫 妻

两个人
过平淡的日子
在彼此眼里
对方从不乏味
这是甜蜜的秘密

脾 气

把牛脾气
搁在人身上
身体吃不消
当属正常

离 婚

（一）

全力摧毁对方
结果一比一打平

（二）

两个人联手摧毁另一个人
帮凶没有性别之分

（三）

失去一棵大树得到一片森林
但要严防森林火灾

性

都以为男女之事
科学已搞得一清二楚
其实还是神秘得一塌糊涂

城

树都排成了行
风照着天气预报的样子
捋旗杆上的旗

市

大盖帽来了
带走小篮子蔬菜和秤
没收乡愁

乡

并入隔壁镇
弄丢了自己的姓名

村

想回去
又不想回去
自从爸妈走后

生产队

她爸爸是生产队长
我是她同桌
我俩挺投缘的
有人说那是早恋

诗人

从不好好说话
却以为自己在唱歌

诗派

诗坛本寥落
偏要立山头
苍生无画卷
丛莽有贼寇

错觉

绿灯亮了
他不走
心里念叨
这一次
坚决不割肉

工作

挺爱她的
她时不时伤一伤我

位 子

为了更高的位子
情愿弯下腰
好让眼睛向上

心 事

她说你怎么心事重重的样子
我从发呆中醒来
认真琢磨
没心思怎么会心事重重的样子

时 间

无论雨季多长
终究会还你一片阳光

宗 教

信不信由你
经文中有你的名字

黑 暗

与其畏惧它的强大
不如射出一束光
撕裂它

暗物质

看不见摸不着的东西
其实是最要命的
渴望得到它
可真得到了
又会让你瞬间湮灭

矿物质

埋在土里
识之者谓之金属
不识者谓之泥球

功 夫

数完长城上的砖
然后霸气地行走中原

文 化

（一）

砖头是用来砌墙的
不是用来砸人的
但常有人被砸得头破血流

（二）

砖头也可以用来练习数数
最后教室里挤满了砖头

野生动物保护区

人征服了地球
在自己的殖民地
建了一个个避难所

熊出没

熊都那么可爱
那我小时候养过的狗和猫
应该都得道成仙了

家　园

——为苏州工业园区开发建设 25 周年而作

有一座古城
二千五百多年历史
人们称她人间天堂
人们说她文荟之邦

她在新中国的朝阳下重生
她在改革开放的春天里绽放
她领航苏南模式走向世界
她用“三大法宝”续写岁月华章

然而
一九九四年的那次握手
对她而言
却是格外的意味深长
那是五星红旗与星月旗的牵手
凝聚着中国龙与鱼尾狮的智慧
浸润着茉莉花与胡姬花的芬芳

从此，姑苏城东
二百七十八平方公里的土地
展开了一幅神奇的画卷
崛起了一座迷人的家园

她是从稻田和菜地里长出来的
二十五年
一寸一寸地节节生长
她是从池塘和沼泽中长出来的
二十五年
一片一片地成熟壮大

我们从五湖四海寻她而来
（相会在月光码头）
我们握着火炬而来
（苏州大道是柄
金鸡湖水是火）
我们踏着中新大道而来
（中新友谊，历久弥新
借鉴创新，圆融共赢）

怎能忘？那些年
我们羽扇纶巾、雄姿英发
工棚里，我们手绘着一张张草图
工地上，我们尽情挥洒汗水
然后将激情燃烧的诗句吟唱
（明天起，和每一个亲人通信

告诉他们我的幸福
那幸福的闪电告诉我的
我将告诉每一个人）

怎能忘
沐浴新世纪的曙光
独墅湖边，我们栽下梧桐树
迎来金凤凰
阳澄湖畔，我们改造小渔村
建设新水乡
怎能忘
从园区到宿迁

这史诗般的沧桑巨变/这中国梦的生动实践

到相城、南通、滁州、松桃、霍尔果斯
究竟多少趟往返奔波
究竟多少个不眠之夜
你在那一头、家在这一头
（露从今夜白
月是故乡明）

可是，谁又能记得
为了一个搬迁户的动迁
你走过多少路熬过多少夜
为了一个邻里纠纷
你登过几回门说过几回情

为了一个科技项目攻关
你想过多少办法操过多少心
为了一座城市的安宁
你站过多少岗出过多少警

你看
一幢幢高楼拔地而起
一列列地铁穿梭奔驰
一座座校园落成启用
一家家企业鸣锣上市
看哪
这史诗般的沧桑巨变
这中国梦的生动实践
看哪看哪
她就是你用爱和汗水
浇灌出的园区
她就是你用热血、青春
擘画出的家园

(当你老了 / 头发白了 / 睡意昏沉……)

是啊
每个人都会有老去的时候
但总有一种情感
永葆青春的靓丽
那就是“爱”
不仅是爱你所爱的人

还包括对家园的深深眷念

此刻
我们已拥有一个崭新的家园
（苏州工业园区）
终有一天
你一定会进入世界一流的行列
那时候，你的
水更绿、天更蓝
人更美、花更艳
我们也已耄耋之年
或仙风道骨、闲云野鹤
或水墨丹青、儿孙绕膝
夕阳下、晨雾中
但愿你还能认得我
因为我
早已把真情献给了你

（注：苏州工业园区是中国与新加坡两国政府间最大的合作项目，1994年起开发建设。）

列车一路向南

列车一路向南
时速三百零三
风一样驶离北京
闪电般划过中原

村庄扑向城镇
城镇扑向站台
雪地扑向绿野
北疆扑向南国

向南、向南
以中国速度
从寒冬直插春天
无尽的快慰
在这春的深处
蔓延

起　飞

飞机在跑道等候、轰鸣
猛然间就冲了出去
起跑即冲刺
像一只逃跑的兔子
像一条扑向兔子的狗

这么笨重的家伙
肚子里装着百把号人
每个人都比它还笨
没有人能跑进九秒七九
更别说那些呆萌的行李
像一个个拴着狗的枷锁

不知它哪来的蛮力
拽着大家越跑越快
转眼便破了百米纪录

疯了疯了
没跑几步
轻轻一跃

它就脱离了与地面的接触
如按动开关面板般轻松
可我依然能感受到震撼
一开一关之间
隔着光明黑暗

在空中
它舒展了许多
用力昂起头
越昂越高
如一条预备攻击的响尾蛇

从这肢体语言
我分明读到了亢奋
这个笨头笨脑的家伙
对于辽阔天空的好奇
竟远胜于我

归　航

那艘船泊在海上
船上住着赶海的姑娘
身姿似玉山挺拔
眼神如日月潭的波光

穿越过同一座村庄
默写过同一段诗行
妈祖见证了我俩的深情
也曾一种相思两处愁肠

风轻云淡的过往
日月盈昃改变不了爱的方向
一次拥抱抵过一万次守望
思念的惊涛骇浪
声声追问
你何时归航

（注：此诗经许忠先生作曲，成为在福州举办的“归航——海峡交响乐团成立交响音乐会”主题歌。）

颈椎病

半辈子
试图摆脱一种眩晕
以为病在颈椎

不太喜欢抬头看星空
感觉所谓浩瀚无垠
其实敌不过一朵流云
偶尔在大海或沙漠深处
没有光污染
星星逼着你看它
就会看清星的表情
他们眨着眼
清纯而谦逊

对于整个宇宙而言
一颗星的渺小
应该更甚于人群中的人
我们不停为星星送去赞美
自己却一副可怜

颈椎病的根源
一般在埋头太久
眩晕的症状之一
就是满眼星星闪烁
仔细品品
这就是一则寓言

忆苦思甜

几对朋友小聚
一瓶酒本已微醺
奈何主人盛情
再来一瓶再来一瓶

第一瓶给了肉体
第二瓶给了灵魂
倒杯酒就能倒出一桩往事
密封已久
窖藏多年

一对恩爱夫妻
首先倒出自己的故事
他俩原本中学同学
高考前形同陌路
高考后各奔东西
一次巧之又巧的相遇
差点猜错对方的姓名
女生请男生在食堂吃了块大排
自己照常买了份便宜蔬菜

男生记得女生那天穿着红裙
感慨从没吃过那么香的大排

不能简单断言
一世良缘源于一块大排
但我们都被带回了
那个物资匮乏的年代
于是大家抢着爆料
女生省多久才够买一条长裙
男生怎么干才能买一包前门
聊得更多的是命运交错
有同学郎才女貌看似天仙配
最后却张冠戴了李
有朋友癞蛤蟆想吃天鹅肉
没曾想天鹅心甘情愿去成全
有人为出国断舍离
有人为前程攀高枝
有人
正如我们在座各位
懵懵懂懂不太会折腾
随缘

绝对不开第三瓶了
不然，看这架势
随缘背后的坎坷也会被倒出来
大过年的
最好别心酸泪洒

毕竟我们这拨人

青春已逝

心犹敏感

2020年的正月初一

谁说邋遢冬至干净年
老经验不灵了
冬至的雨
竟把初一淋得透湿

整个上午
用电话微信送出问候
最好的祝福语
当数“百毒不侵”
心里惦记着
口罩脱销
消毒液紧缺
昨天新贴上春联的房门
如同防护服上的拉链

正月初一
第一次怀疑春风春雨不怀好意
第一次拒绝走亲访友海味山珍
第一次一家人静静地宅在一起
一遍遍洗手

一句句勉励

电视重播春晚
导演用巨大的毅力逗人开心
隔壁频道住着时事要闻
中南海没有休假
讨论着疫情疫情疫情

中国啊
在最值得开心的日子扛起了悲伤
在最充满希望的时刻品尝着艰辛

窗外灰蒙蒙一片
看不见太阳或星星
整个下午和夜晚
我在与时间赛跑
渴望预知明天

有人倒下去
有人挺过来
有人往外跑
有人往里冲
比病毒更快的是脚步
比病毒更强的是信心
比病毒更多的是启迪

辛丑年初一

这个年初一
与去年不一样
上午复习了很不错的春晚
下午坐在没有阳光的阳台上

阴到小雨
凉风吹拂脸庞
可再凉，它也是春风啊
昨晚那么心潮澎湃
不就是盼着吗
春回了春回了

去年初一也坐在这里
满脑子都是武汉武汉
好比家里亲人住了院
谁还有心思过大年

这一刻
摸摸胸口
就觉得没那么慌没那么乱

就信了天塌不下来
因为咱们身在中国
中国，有个珠穆朗玛

一抬头
忽发现
阳台前的柳枝爬满新芽
细雨中透过来一缕阳光
天气预报又失准了
这个年初一
好过我的想象

辛丑年初二

早晨
阳光间隙性照射窗帘
它在看云的脸色行事
朋友圈
美国总统英国首相
齐夸中国牛
不管是否真心实意
有一点可以确定
华人的面子
随中国行情看涨

到了正月初二
基本完成了手机拜年
剩下一些祝福
托春风去传话
地上树在摇
天上云在飞
人也似醉非醉
计划好下午去桑拿
为这貌似平淡的时光
讨个口彩——
蒸蒸日上

辛丑年初十

初一时看见的那些柳芽
九天后就长成了柳叶
像是襁褓中的婴儿
没几天就已在风中学步
样子跌跌撞撞

这个春天太心急了
它大概想起了秋风
现如今四季无常
也不知何时寒蝉噤
也不知何时落叶飞
它只想尽己所能
让这柳叶快快地长

习　惯

洗手吃饭
小时候没这习惯
有饭吃才是天大的事
洗不洗手基本扯淡

长大后
父亲来城里看我
我对他说洗手吃饭
热水器出水很快
父亲总是不那么情愿

春节回家拜年
饭菜一上桌
我就说洗手吃饭
父亲还是抵触
缸里水冷
长出冻疮不好办

一份盒饭引发的遐思

（一）

打开饭盒
仔细打量一份盒饭
我开口进餐的时候
它先张开口
我一口口吞下食物
它一口口清空自己
我的胃充盈而舒坦
它使命达成、如释重负

忽想起胀痛的乳房
在婴儿吮吸之后
婴儿的饱嗝
变成她的快乐

都说盒饭的重点是饭
其实没有盒子
这饭就不能算作盒饭
如同乳房的重点不在乳汁
而在她的代名词

叫作母亲

一盒盒饭
之所以好吃
大概率是在某个格子里
藏着小时候的味道
大概率是在某种味道里
藏着母亲的影子

二三十块钱的盒饭
挺丰盛的
鸡鸭鱼肉瓜果蔬菜
杂而不乱、各得其所
忽又想起小时候
门前的那棵老枣树
紧挨着的鸡圈和猪圈
以及几垅青葱规整的地
可现如今
那个忙碌的身影
母亲啊
你在哪里

（二）

我以雷霆之势
吞咽下大半盒饭菜
唯独那条鱼

露出细密而坚硬的刺
我决定放弃
不是因为缺乏耐心
而是出于一分敬意
我猜它或它的祖先
一定生于湍急的河流
那些刺与生俱来
亮明一种不屈的意志

细嚼慢咽

一份蔬菜沙拉
小番茄玉米粒冰草紫甘蓝
新鲜清脆汁香
韭芽炒蛋中的韭芽也是
蒜蓉陪伴的空心菜也是
红辣椒片如同花瓣
在韭芽和空心菜中妖艳

切碎与否
并非生死界限
蔬菜们是活着的
从嘴巴向胃肠汇集
仿佛生命接力
从活着走向活着

小黄鱼栩栩如生
葱花是一曲挽歌
某条猪身上的肋排
被酱油包裹着
轻而易举地骨肉分离

接下来的旅程
不过另一场接力
在细嚼慢咽中重生

所谓荤素搭配
不过是一群生命
每日供养另一个生命
弱肉强食
道理冠冕堂皇

对某些地球生物而言
其所擅长的
除了贪婪杀戮
就是自我包装

遇见孙晋芳

一位瘦高美
侧对着我的目光
聊天的声音
像排球砸在地板上
神啊，孙晋芳

上前问个好
不敢报上姓名
只想变成一只球
飞。你不是二传吗
请用你纤细的手指
将我弹向四号位
任由郎平
“duang”“duang”地锤

合个影吧，孙晋芳
高考时你在我的作文里
工作后你在领导的嘴边上
今日得见真人
大约等了三十年的模样

阿　秋

久未谋面的师弟阿秋
推杯换盏时和我叙旧
那时他的宿舍在楼下
我的宿舍在楼上
厕所也是上下楼
窗户的玻璃都坏了
他说我记得你在卫生间里唱歌
歌名肯定是《把根留住》
我纳闷为什么他记得这么清楚
如何确定唱歌的人一定是我
也没讲那歌声动听与否
可我还是从心底涌起一股暖流
端起满杯，我说干了
那时候我们沟通不够

致乐手朱力安

一个巴黎少年
一个长发少年
一个骑马少年
一个风一样的少年
一个坠落草地的少年
一个受伤少年

一个右手受伤的少年
一个靠右手拉动琴弦的少年
一个钟爱大提琴的少年
一个梦散落一地的少年

十多年后
他来到金鸡湖音乐厅

一个长弓在琴弦上颤抖的少年
一个额头挂满汗珠的少年
一个渐入佳境的少年
一个收获掌声的少年

还是少年吗
看不出岁月的沧桑
我相信
所有沧桑都是传说
我只看到
一个巴黎少年
一个长发少年
一个骑马少年
一个风一样的少年
一个将生命融进音乐的少年

遇见孙正平

以往你呆在电视里
一呆就是几十年
印象中的娃娃脸
叫人纳闷
电视又不是冰箱
咋就那么替你保鲜

小时候经常爬屋顶
抱着竹竿转来转去
竿头的天线云里雾里
显示屏上雪花纷飞
小伙伴们顿足捶胸
你仍在喇叭里滔滔不绝
一会儿江嘉良宋晓波
一会儿王义夫邓亚萍
好不容易雪化了
但见你满面春风
说观众朋友们再见

曾经很喜欢宋世雄

可惜他说完半个郎平
就不再露面
于是我喝着地沟油
操着央视的心
郎平的下半生得有人管
还有范志毅姚明郭晶晶
最要紧的是 2008
奥运会快要到北京
央视根本不领情
穿着条大裤衩
得意地说：放心
俺还有个
孙
正
平

果不其然
奥运会在中国混得很灵
尤其是露脸亮相的那个环节
炫得伦敦、里约胆战心惊
当时也有人茶饭不思
一个张艺谋
一个孙正平

这年头
茶饭算不了斗大的事
温饱思运动

广场舞瑜伽马拉松
杯赛联赛大师赛
篮排足羽网乒冰
央视体育忙不停
听说孙正平拿了金话筒
记不清那在哪一年

昨天，金鸡湖边
无意间就撞上了熟悉的脸
嘿，孙老师
放风的吗
气色倒比在电视里好
个头也比在电视里高
身边一位美女说
郎平的下半生给了教授
姚明等人也都干得不错
孙老师已经如期退休

说话的人姓张
一聊还是江苏老乡
退休前孙正平归央视管
退休后孙正平归她管

致戴净

——遇见《遇见》

你遇见了西部
我遇见了躁动的心房
你将美滞留在影像中
我放思绪飞往远方

攀上雪峰
爬上云端
我住进一万年的虔诚
我住进你独有的目光

四季被你望穿了
露出七种颜色
传说中的西风瘦马沙漠胡杨
看起来如此丰满
如母亲温暖的毡房

西部自有国界
而上苍之手只有一双

▲ 你遇见了西部 / 我遇见了自己的荒凉

我只能惊叹
无法言说
一如你从恬静的天空
俯瞰大地的惊涛骇浪

你遇见了西部
我遇见了自己的荒凉

（注：某个偶然的机会，我看到了戴净女士的摄影作品集《遇见》，深受感染。戴女士身处江南繁华都市，平常不愿出门，却一心恋着西部，隔三岔五独自去一趟那方净土，用镜头与自然对话。一位简单而神奇的女人！）

56 文创园里的蔡志松

噢，玫瑰
理想国丢失的玫瑰
柏拉图四处托人打探
究竟是谁
盗走了你

这外表平淡的厂房
正藏着惊天秘密
众神在空中逡巡
也未能看出蛛丝马迹

因他
抛弃了玫瑰的味道
浓香遗存于情人的掌心
抛弃了玫瑰的鲜艳
无数红唇于旷野招蜂引蝶
也抛弃叶片上的小青虫
艺术讲堂的碎语闲言
也抛弃憔悴、枯萎
一切与时间达成的妥协

他只盗来一副骨骼
却是所有玫瑰的亚当夏娃
他只盗来一种神情
柏拉图梦中最美的暗恋

噢，何止是玫瑰
他的所盗如此丰盈
正成为一群厂房的忧虑
并加速向整座城市蔓延
一边是天国的珍藏
一边是神盗蔡志松
无论怎样取舍
都是天大的难题

景德镇之手

去景德镇
逛了几爿瓷器店
带回一双手

这双手
女子一般白皙
熊掌一般健硕
在满屋胭脂红中轻舞

左手忽略不计
一如壮士安好
右手几根指头
被纱布紧紧裹住

纱布色同白釉
仿佛锁着痛
仿佛含着羞
仿佛贴着封条
上书：禁窥、莫入

满屋珍品暗淡了
注意力给了店主人
主人名叫黄明阳
身材中等嗓门亮
谙熟瓷艺堪称奇
难敌此手世无双
此手挖过高岭土
凿石炼土苦力活
此手常在泥中泡
淘洗制浆又建模
此手习得绕指柔
制坯揉泥善浇釉
此手出入炼丹炉
挑柴把桩温千度
七十二道工序全
此手样样都经过
欲问为何缠纱布
几只指甲已蚀透

他说
每件景德瓷都是活的
因为手是活的
每件景德瓷活法都不一样
因为手不一样
每个瓷器店也不一样
因为店老板不一样
现在的瓷工细皮嫩肉

因为传统工艺自动化
说不清
各有各的好吧
这爿店
我是股东
女婿是老板
单靠我这样的手
做不成这么大的店
店里有我几件老法做的胭脂红
他们给标价几十万
我心里不踏实
也不知道值不值

我说
肯定值啊
您这双手已绝版
年龄已经八十三
十二三岁进窑厂
制瓷已经七十年
我是买不起您的作品的
希望可以握把手

这一握
至今忘不了
肉肉的
滑滑的
凉凉的

瓷化了一样
由此而生错觉
我在景德镇丰瑶
握住了景德镇之手

悼李咏

夺走舞台的光芒
又亲手拆穿假象
太阳在空中我行我素
而你背转身去

你给妻女的信
流行于网上
你说的事故与故事
兴许实事求是
兴许有失公允

一定有人像我一样
明知徒劳却愿意
捐出所有孳息
用你制造的快乐
买断你此刻的孤寂

从今往后
每一个年满五十的人
都该好好活着
与其做沉默的金话筒
不如做含笑的向日葵

悼张修龄老师

修龄老师走了
保持着自己的风格

这一天
你一如既往地早早起床
向师母汇报行程
出门打一个多小时篮球
然后准点回家

这一天
是个例外
你倒在离家不远的路上
全然不顾师母
已煮好的早饭等你
已布置的当日任务等你
——去菜场买新鲜蔬菜
去培训班接外孙放学
然后做自己爱做的事
备课、写作、问问骑友
关于疫情后的春季旅游

你第一次偷懒
把一天的任务留给了师母
顺便把一切都留下了
你这大男孩啊
让师母宠爱了一辈子
到最后
还是要师母照料着
自己抢先走

你大概是害怕了
不善言辞处事不灵
是别人贴在你身上的标签
你只擅长用笔说话
笔尖对着稿纸说
说一堆晦涩的明清诗文
除此之外
再不会见风使舵
更不会阿谀奉承

你教过那么多学生
写过那么多论文
可正教授是有名额的
发论文是要有途径的
你苦你闷
差点抑郁了
副教授就是你的终极职称

每次见面聊
你除了说自己挺好的
就只会不停地问
一会儿周志群陆真杰
一会儿顾红辉鲁连显
恨不能每个同学问个遍
好像我是特工队包打听
而你
闻喜则春花烂漫
闻悲则霜冻无言

你这位羞赧的大男孩啊
你不愿说的事
其实师母会对我说
而我只想告诉你
每年春节我都去看你
完全与你的职称无关

其实我还是不太明白
你只做了一年班主任
为什么我却爱你那么深

意大利世界杯
偷偷翻越宿舍墙头
你是在家接应我们的人
毕业野炊

锅碗瓢盆乌漆麻黑
你是倾己所有的人
手忙脚乱
我在医院伺候临产的爱人
你是挤上公交车
拎着鸡汤赶过来的人

我猜
这鸡汤一定是师母炖的
你是个超脱世俗的人
你是个让人甘心为你付出的人

只是师母啊
你的大男孩
这次是真犯糊涂了
在说好的时间不回家
分别的话一句没留下
这沉默寡言的性格
一辈子就这么定型了

就当他不愿再让你操心吧
师母啊
最后原谅他一次
这可爱的大男孩

出门去野

开部车
出门去野
开普通的车
换上新轮胎
不跑偏
不漏油
不酒驾
不超速超载

预定好行程
或说走就走
让爱加班的加班
爱克扣的克扣
爱说谎的继续

年假是我的
生活是我的
自由是我的
谁也不能偷

带上爱人
出门去野
野炊
野营
野猎
在星星的派对中
野合

出门去野
为孩子们带上安全座椅
带上零食和风筝
童话和音乐
为老人们支付机票
去农场去城堡
去海滩去戈壁
为仓促的青春
补一次约会

出门去野
听风听雨
听万籁俱静
听心中的河流
浅唱低吟

出门去野
看山看水
看日出日落

看沉睡的自我
慢慢苏醒

出门去野

现代交通博物馆

周末出门
爱人开车
我是备胎

出城堵
高速堵
昏然入睡

天越来越敞亮
云越来越抱团
地越来越青翠

恍惚中
路过宋唐
来到魏晋

眼前一园林
似曾相识
入口巨石耸立
上书“桃花源”

落款“陶渊明”

怎么到了这里
我又惊又喜
忽见一对翅膀
生于我的双腋

哪儿冒出的翅膀
鸟人的名字可不好听

心欲遮之
双翅“嗖”就不见
像蜗牛的头
缩进我背后的
小盒子

小盒子像只双肩包
一副出门旅行的样子

环顾左右
不见保安
不见门卫
沿着石板路
一道神秘光束
引我入内

风景果然不凡

青山绿水
花团锦簇

行之不远
偶遇一墅
形似草庐
又很特殊
我不敢造次
转身欲走
门忽洞开
闻一美妙女声
先生，欢迎光临
这里是
现代交通博物馆

诧异诧异
汝之现代
莫非民国

也罢
走过路过不要错过

进得馆来
始觉气势恢宏
一字排开的
是数十美女

您好！我是 Angelababy
啊，难道你真的是……
我来自香港呀
噢，记起来了
与黄晓明有很大关系
你怎么也来了
不呀，我常驻这里

先生，认得我么
林青霞
你怎么还这么年轻

本姑娘从未老过
何谈年轻

先生，青霞俏皮
莫和她辩
我是冰冰
这些是我的好朋友
玛丽莲·梦露
秀兰·邓波儿
小甜甜布兰妮
这位呢，歌唱得极好
是您钟爱的邓丽君

慢着慢着
这到底咋回事

放心，先生
我们是人

不是人
难道鬼

误会了，您
我们都是 Robot
姓机器，名人
叫作机器人

咱们是博物馆的导览员

原来如此
为啥你们都要扮明星

先生差矣
我们长着明星脸
却没长明星的脾气
对钱我们无动于衷
从不计较加班加点
偶尔用些化妆品
那也是
为了您满意

那，怎么不见男星

不瞒您说
自从天空出现您的身影
我们便掌握了您的全部信息
包括学历经历性取向
还有

打住打住
还是抓紧帮我
导览一番

没问题
先生您
且行
且赏
且听

本馆所有藏品
均出自五十年前
现在是公元 2067
您该知道当时的
时代背景

第一部分
　　汽车展

德国的宝马奔驰

美国的林肯福特
中国的长安红旗
场地所限
我们只展少量实物
其他只展品牌标识

那时的车
如同
耕地的牛
赶集的驴
将军的马
皇帝的辇
人人离不开
个个想拥有

可谁也没料到
汽车一出现
马即退休
只有一个人预料到
汽车退休的速度
比马快十倍

第二部分
　　轻轨展

那时的大城市
没轻轨便惭愧

如同土豪嫁闺女
嫁妆少了没面子
挖挖挖
城市挖成了马蜂窝
地上照样车塞车
地下照样人挤人

话说回头
也有城市轻轨像专列
处处可见人养狗
就是不愿人生人

扯远了
本馆陈列的轻轨实物
只一套：车头车厢
车轨车轱辘
China，中国造

第三部分
　　公路展

书同文　车同轨
秦汉以降路为先
但数五十年前最疯狂
多少古墓遭殃
多少良田被毁
路越修越宽越漫长

还是一个字：堵

绍兴鲁迅
有句话似是而非
世上本没有路
走的人多了
便成了路
他的失算在于
鸟也走路
却不成路
如果人像鸟
谁还路不路

第四部分
　　传承与重塑

您不就是飞过来的吗
做个鸟人，不，人鸟
没什么不好
《封神演义》的雷震子
小天使丘比特
您见过他们穿鞋吗
还不是靠翅膀
别以为神话很幼稚
其实祖宗们很睿智
一句话
缺什么不能缺文艺

这边请
这是本公司研制的
发动机，小而轻
可将大象送上天
一双翅膀，薄若蝉翼
复合纳米，可弯可卷
控制系统，量子化
对接人脑无缝隙
无需开关与按键
腾云驾雾凭意念
防干扰
防碰撞
防雷电
风雨无阻全天候
清洁能源无污染
一次充电飞万里

操作一点不复杂
只需简单学一学
就像学骑自行车
何况
自动模式一开启
手脚身心全解放
摄影作画伴鸟飞
相伴云端可亲嘴

如此甚好
可靠吗

我们的产品已五代
您用的版本 1.0
这不是
轻松送您到桃花源

且信且疑
我想会会陶渊明

您想会的是哪位
这里有若干陶渊明
写诗作画不输陶
白富美高随意挑

喏，电子菜单

如此甚好
我想找个陶渊明
模样帅过刘德华
唉，不对
难不成我在做梦
这儿是假冒的桃花源

似梦亦非梦
似假亦非假

先生请明察

本司产品上市小几年
销售台套过百亿
地球人个个成人鸟
自由自在满天飞

飞起来了
谁还乘车挤地铁
一眨眼
汽车轻轨全下岗
进了我们的博物馆
扒了公路再造田
从此后
江山无处不桃源

于是
天越来越敞亮
云越来越抱团
地越来越青翠

如此甚好
不如咱们合个影
我选
左手站梦露
右手嘛，Angelababy

咣，忽听一声响
紧随钻心疼
原来是急刹车
挡风玻璃撞脑门
只听爱人骂
这鸟人
变道不打转向灯

泰州记忆

十岁时去了趟泰州
算得上去了回大城市
那时泰州没有高楼
如果有
我一定会记住
因为一切与村庄不同的事物
都对我有足够的魅力

我记住了水泄不通的街道
它被勾肩搭背的商铺裹挟着
望不到尽头
这令我心存恐惧
就我积累的经验而言
祖宅与祖宅之间的安全距离
可随时上升为头破血流的冲突

村子里大多茅草土坯
泰州的商铺都是砖墙瓦屋
门脸或大或小
货物琳琅满目

我怀疑它们是从村里打劫来的
五谷杂粮锅碗瓢盆样样不缺
还有许多从未见过的东西
最震撼的
是叔叔掏出几块钱
长条桌上
便摆上了炒腰花和几盘生煎

一边用餐
叔叔一边给我说教
这城里出了个大人物
名叫梅兰芳
随便唱个曲子就值一根金条
你要好好努力
争取像他一样有出息

听君一席话
我就真想很有出息
忍不住问叔叔
一根金条能否换一块泰州肴肉
爷爷说它最好吃了
可是你今天并没有点

遗失的河

祖屋后的那条小河
是我常去游泳的地方
水清澈见底
水草中的鱼虾清晰可见
许多年后这条河不见了
再后来我去远方旅行
看到一些河和她长得很像
常忍不住驻足打探
你是不是从扬州董兴搬家来的
可总是没人搭理我
好像根本听不懂我的话

错　过

去甘肃
直奔敦煌
去完敦煌
直接回西宁
跳过阳关跳过玉门
不是错过
是故意错过
那些断壁残垣

为什么要去呢
多费几个小时车程
黄沙已经淹没了一切
兀自耸立着阳关、玉门

曾经那么多人和牲口
死在进出你的路上
曾经那么多离恨、相思
萦绕在你的城头
疏远你抛弃你
无疑是无数人的共同选择

你却像位倔强的老人
拄着拐杖四处张望
寻找答案

你以为你是英雄
我眼里却是辛酸
别用历史绑架我
中国的历史书太厚太厚
你只是一幅斑驳的插图

西出阳关无故人
而今我有许多朋友
在新疆在青海
春风不度玉门关
而今我有许多塞外江南
似吴忠似伊犁
你不能只活在唐诗宋词
如同我总梦见沙漠驼铃

错过你
我是故意的
我心里只有新路没有关卡
也希望你能稍事休息

西湖印象

西湖住在杭州
你不去看她
她不来看你

这和阿里巴巴不同
你不去西溪湿地看她
她会天天来看你
看你支付宝余额
看你天猫订单
还会亲切地询问
饿了么，伙计

相比之下
西湖难掩傲气
即便你来看她
她也不去看你
可偏偏有人
但凡遇见湖
总要想起她
别人这不好那不是

好像唯有她十全十美
结果没招谁惹谁
她却招人妒忌

其实西湖低调得很
她是原住民
甚至比杭州落户得更早
别人与她争房争地
她总忍字当头
能退则退

堂前屋后
她种了些树与荷
铺了些桥和路
任谁来、任谁去
远处的峰和塔
是她建的庙
敬天敬地敬神明

文人们打情骂俏
草根们粗言俗语
她一笑了之
达官贵人
强盗土匪
她司空见惯
冷眼旁观

许多年下来
你说她乱花渐欲迷人眼
她想笑
你说她浓妆淡抹总相宜
她想哭
三潭印月时她失眠
常思忖
哪一年苏堤春晓春相似
哪一年柳浪闻莺莺相识

她发现
这世界变化快

你的变，她看得见
她的湖水永不干
就是用来看人的
正人君子
衣冠禽兽
每次打这里过
她统统拍张照留个影
底片存了一湖底
赛过马总的阿里云
免费供后人
吟诗作画书野史

她的变
不用心很难看得见

追名逐利的人恋自己
愁肠百转的人怨自己
说是来杭州看西湖
其实是来找自己
如今湖边手舞足蹈的人
做直播、拍抖音
想的是当网红、圈粉丝
就连张导导的戏
最忆是杭州
也只把西湖当道具

西湖并不恼
她的变
就在她越来越自信
她把千年的人和事
转换成了大数据
输入几个关键词
想要什么任你取
可她从不回答任何问题
除非你真心来看她
她才会无声地给你启迪

桂　林

我已习惯
一马平川或异峰凸起
难以适应你山头林立
各有一方天地
仿佛都想着展现自己
又不张扬
俊美中透出俏皮
说不清多少爱意
且轻轻唤你一声
桂
林

金鸡湖

她在若干人窗下
而半城窗户
却因她而生

站在高处
远远看过去
三三两两的生灵在湖面飞
仿佛蝴蝶
忽隐忽现于浪的花蕊
花有花期
而浪花和水鸟不分四季
即至深秋
恍惚中也是春意
阳光明媚的日子
湖面上浮动点点帆影
岸边的风筝凑过来
水天间眉目传情
俨然一对对约会的情侣

没有山

是这片湖的瑕疵
岛，成了意外的补充
桃花、玲珑
如花游选手的一双脚尖
慢慢从水中探出来
看一眼
想象就开始丰盈

山，其实是看得见的
日落之后
灯光勾勒出城际线
楼群高低错落
如同星空下山峦起伏
一层层环绕着她
这时候
一个亮灯的窗口
就是一只萤火虫
萤火虫多了
山林也便活了
夜越发沉静
她的梦也越发香甜

穹窿山

穹窿山隐居于太湖之滨
孙武隐居于穹窿山之脊
兵法隐居于孙武笔尖

兵者，国之大事
大国兴衰写满刀光剑影
刀光剑影演绎三十六计
三十六计走为上策
孙武隐居于穹窿山之脊

天下那么大
独独爱穹窿山
我不懂
这是孙武的哪一计

兵法是孙武的孩子
生下来便属于全世界
穹窿山是孙武的桃花源
今天也是我的
我与他

穿行在同一片竹海
徜徉于同一条山脊
也许还想过同一档闲散事
清风朗月、柴米油盐

入夜的穹窿山
听得见夏虫的欢愉
听得见步履的回音
突然想问孙武
你刻苦钻研兵家之道
莫非你的以戈止武
就是为着天下人
都有穹窿般的美好安宁

南八仙

八位无名无姓的女子
失踪在柴达木盆地
那时刚刚解放
至今活不见人死不见尸
失踪的地方
耸立着一座座蘑菇状的小山丘
美其名曰：雅丹地貌
其实是老天布的迷魂阵
让人弄不清
哪座是这八个人的坟

我一路在想
地质工作者多了
老天为什么单把她们留下
莫非真因为这里缺水
而她们恰是南方来的
水灵灵的姑娘

（注：南八仙，地名。）

夜宿篁岭

太阳睡在山里
我睡在江老板的小二楼
车灯醒在半山腰
半山腰醒在
不挂窗帘的窗口

你睡在夜里
我睡在你怀里
星星
醒在你的子宫里
等你我
鹊桥相会

篁　岭

一幢建筑
半座山林
篁岭的宅子
驻着若干树精
你看不见她
她看得见你

她变着法子逗你
将一幢幢房子变成谜
并把它们垒在半山腰
像一排排抽屉
让你猜
哪个谜底
藏在哪只抽屉

她七十二变
化身四梁八柱
在篁岭搭起戏台子
许多戏很励志
男人们翻山越岭

走天下，做生意
女人们守在山口等
春天油菜花浓得迷人眼
总将游人当归人
夏夜的虫子
吵得人翻来覆去难入眠
秋天收稻子晒果子
累得沾床睡
冬天越闲越心焦
捧着皇历掐日子

哎，心感叹
富丽堂皇的房子
合家欢聚能几回
到如今
说好代代相传的
也早已物是人非

九楼不算矮

站在九楼窗口
脚下的棚户区
像本旧版线装书
鸽子飞来飞去
仿佛书中的一幅插图

又像是条短视频
截取了某个黄昏
在我抵达宾馆的一瞬

我不相信
这里就是厦门
九楼不算矮
看不见鼓浪屿
至少应该看见海

头戴鲜花的女人

司机小董说
羊角村遍地是鲜花
阿姆斯特丹呢
遍地是头戴鲜花的女人

阿姆斯特丹
我看到
骑自行车赶路的女人
背购物袋逛街的女人
边吃薯条边等红绿灯的女人
屋檐下吸着大麻的女人
玻璃门后晃动三点式的女人
席地练功的女人
彩虹旗下亲嘴的女人和女人

唯独不见
头戴鲜花的女人

司机小董说
中学时我谈了个女友

听说我要去阿姆斯特丹
这女孩哭了三天三夜

我跟我妈说我不想出国
我妈在床上躺了三天三夜

走之前女友叮嘱我
什么事儿你都可以做
但路边的野花不能采

走之前我妈叮嘱我
什么事儿你都可以做
唯独不能吸毒和骑摩托

我和女友通过很多信
她常在信里夹花瓣
我妈总给我邮包裹
塞满家乡的土特产

国外读大学其实不轻松
我每周要打两份工

这些都不算什么

问题是我们之间，话
越
来

越
少

就在我本科毕业前
她来信说
我要把自己嫁出去了
你在他乡多保重

司机小董说
我就回信道
你好好过日子吧
我在这里没问题
阿姆斯特丹
遍地是头戴鲜花的女人

我把这事告诉我妈
电话那头
我妈撕心裂肺地哭出来
儿子呀
不要怪她
要怪就……怪你妈

王府与酒

我在京城的清代王府
品尝波尔多红酒
波尔多
我没去过
也不认得酒瓶上的那些字母
品牌、年份、口感
只是听他们说听他们说

相比之下
王府更招惹我的胃口
若干年前
这里勾心斗角或运筹帷幄
或曾改变若干人的生活
包括我的先辈和我

群楼为王府的星空让路
我独自在露台
发觉有星星正在看我
好奇地打量不速之客

王府的餐厅神秘巍峨
波尔多再好
照样越来越上头
主人的慷慨大气磅礴
他是朋友介绍的朋友

不知王爷和朋友是否沾亲带故
不知朋友如何拥有了这片王府
带着疑问曲终人散
轻轻挥手
寂寞禁地对人间烟火

荷兰风车

老得走不动了
我选择站立
几个老家伙像我一样
站成一排
默默听风儿聊天
偶尔忍俊不住
是因为联想起一段往事
但愿游人粗心
没有察觉

夕阳是最好的伙伴
他总尽力而为
拉长我的身影
让我所看到的自己
不那么臃肿笨拙
点燃云
红润我苍老的脸颊
唤鸟儿归巢
安慰夜的无眠

哎，风车老了
其实与人老了一样
总有点虚荣和骄傲
自卑与胆怯
难免遭后生耻笑
没关系。我享受
全世界都来看我的老态龙钟
这是我为阿姆斯特丹
为荷兰
最后的贡献

柏林墙

一堵墙的高度
刚好填满记忆之沟
因此岁月是平的
如同蓝色多瑙河
不管发生什么
都在静静地不停地流

眼前这堵墙
已失去墙的功能
但可以涂鸦
曾经那么严肃的面孔
莫名其妙地成了艺术
历史是艺术的土壤

我看见
一截截钢筋探头张望
不是从墙里
而是从历史的破绽中
望向天空地面远方
仿佛一位目光游离的老人
以一种行为艺术
表达岁月沧桑

杭州湾跨海大桥

根，扎进泥沙
深一些再深一些
因此有足够的底气
挺直腰并站成“S”形
将梦举在半空
风吹不散
雨浇不灭

东海，集聚全部热情
在这里释放
对西子杭州
不止于暗送秋波
每个人都能看到
作为江的钱塘
奔腾着壮阔的海

爱有多深
潮有多急
如同潮水般涌来的一群人
在历史长河的瞬间

竖起一座丰碑
而后便销声匿迹
在另一片江海重新集结

一声又一声惊叹
全世界都能听到
浪拍向健硕的身躯
绽放出黄河一样的浪花
记住，黄色的浪花
与我们的肤色相仿
那条蓝色的缎带
是礼赞也是远方

天籁之音

驱车百余公里
去安吉天池
原以为天作之物
却是人工水库

天池水位极低
印不下蓝天白云
谈不上清澈见底
我不能假装小鲜肉
赞它多神奇

坝上跑着小火车
十来分钟一圈
大概知道有人无聊
所以添些童趣

坝是新的
名唤天荒坪
地不曾老
天何曾荒

坪上的天文台
大概也说不清
流星是谁的焰火
日食是谁的游戏

天池之西
有山有楼
拾阶而上
眼见一碗状山坳
朝天开口
群山环绕
草木丰腴

向前一步
我忽地听见一种声音
临深壑则弦乐毕至
退半步则万籁俱寂

侧耳听
惊闻所未闻

咿呀咿呀咿呀咿呀
呜哇呜哇呜哇呜哇
咕咄 ~~ 咕咄 ~~ 咕咄 ~~ 咕咄
唧唧 ~~ 唧唧 ~~ 唧唧唧唧
啾啾啾啾 ~~ 啾啾啾啾
嘎嘎嘎 ~~ 嘎嘎嘎 ~~ 嘎嘎嘎嘎

呀 ~~ 呀 ~~ 呀呀呀呀
咕 ~~ 咕 ~~ 咕 ~~ 咕 ~~ 咕 ~~ 咕
哇 ~~ 哇 ~~ 哇哇 ~~ 哇 ~~ 哇 ~~ 哇哇

整个山坳
似藏乐手万千
小提琴
中提琴
大提琴
低音提琴
单簧管双簧管
长号小号
长笛短笛
萨克斯、钹、鼓
排钟竖琴
忽高忽低忽缓忽急
没错，乃虫鸟和鸣

一万只蛙
一万只蝉
一万只蝈蝈
一万只蝼蛄
一万只蟋蟀
一万只乌鹊

群山鸣
草木鸣

盛夏鸣

我确信
我邂逅了传说中的
天籁之音

我想大声招呼同行人
却放弃
只怕惹恼那一位
乐团指挥——老天爷

8 月 3 日的月亮

2020 年 8 月 3 日的月亮
挂在杭州到苏州的地平线上
挂在高压线和屋顶上
挂在大货车和树梢上

她用整个身子
将太阳光折射过来
自己被烤成金黄

这痴情的月亮啊
一路跟着我盯着我
我坐着汽车奔驰
她凭着脚力穿梭跳跃
紧追不弃

真的很诧异了
身在苏杭之间
我只是个普通人
她的多情为哪般

驶出高速的一刹那
我才若有所悟
自古亿万盏人造灯笼
总抵不过一枚月亮

狼山的两种写法

之 一

梁山一百单八将
狼山高 108 米
酒足饭饱后登狼山
半桌人要买票坐索道
史上膳食最优的一代人
爬山能力恐最差

我气喘吁吁登顶
山顶建了寺庙
天下好风光
大多被寺庙占了
菩萨英明

山前一条江
就那么静静地流
江上万条船
就那么来回不停地走
船上的人小得像蚂蚁

听不见老和尚念的经

万里长江万里景
没有两处景相同
去哪儿我们都拍照发群
除了唐诗宋词
再就说不出更美的语言

狼山并没有陡峭的狼性
长江也不见最初的激情
一江水的目光所及
看起来
是一湖水的风平浪静
我也就相信一切安好
到此一游
意足而归

之 二

狼山不高
名气不小
不登狼山
难知个中奥妙

长江虽长
至此渐终
老而豁达

阔若平湖

狼山之秀
绿树浓荫
狼山之美
在于观景

无江
则狼山不名
无山
则长江存憾

以百米身姿跪迎万里长江
狼山不失庄重亦不失谦卑
于归海之际驻足狼山脚下
长江不失决绝亦不失柔情

以群山之名话别长江
乃狼山之幸
携万川入海礼谢群山
乃长江之义

登狼山而望长江
宽广，如记忆之丰盈
抬头西望
一条玉带系于世界屋脊
风飘万里。她拂过

积雪的喜马拉雅
野性的青藏高原
肥沃的天府之国
雄伟的三峡大坝
连绵的江南丘陵
她拂过
陶片和文字
纤绳和脚印
庄稼和灶台
帆影和离绪

登狼山而望长江
浩渺，如梦想之伟岸
昂首东望
这一江水扑身大海融身浪尖
岂因叶落归根
亦非循环往生
她说道：我来了
从狼山来
从长江来
从中国来
从五千年矿藏中来
我来了
只为拥抱五洲四洋
只为这神圣的星球
每天都能感受
那磅礴的中国力量

夜宿李公堤

时的钟钟的针嘀嗒敲无眠
夜的灯灯的蕊昏黄映孤单
车马稀水中街人静鱼未闲
临窗听风但闻涛声拂珠帘

几段粉墙檐角弯弯勾浮沉
一袭青衣深巷空蒙似缘分
豆蔻情浓明月当年初照人
疑牵手盏中菊翩跹向余温

李公堤畔梦里人家多缠绵
君如拱妾若影水天自成圆
桥头闹儿童归身姿轻如燕
墨香浓绕膝前诗画伴炊烟

岁月苍茫遍地黄花残旧愿
逝者如斯寥落蟾宫半玉盘
忽怜明日客来船往鱼惊散
奈何相欢只在人后三分田

红砖厝

一曲青春作伴徘徊忠孝东路
台北无故人你却似旧时相熟
灯火残睡意消邂逅丑时刚过
昨日桃源余晖照我初入关口

红与白岁月残痕斑驳如刀刻
青与蓝苔衣藤蔓葳蕤半高楼
童花头遇见红皮屐梦里故土
犹记得小时候堂前三牲四果

旭日冉冉上学路炊烟绕村落
乱云飞渡风雨中携手伴左右
抬望眼檐上同析二十四孝图
乡音一色共诗书然天涯陌路

门半掩暗香留无人应椒图
一声叹月如钩一脊神与兽
寂寞心中事满屋爱恨交错
石冷砖暖诉不尽别绪离愁

斗转星移此处空余红砖厝
故人安在何时重逢你和我
两行热泪照亮霓虹灯闪烁
这一刻我且把台北当泉州

（注：红砖厝，是中国建筑文化中的一朵奇葩，在约五百年的发展历程中形成了独特的“红砖文化”，曾广泛分布在以泉州、漳州为代表的闽南和台湾地区。而现在的台湾人不少都是泉漳一带移民的后裔。红砖厝作为一种文化符号，体现了台湾与祖国大陆尤其是福建省长期以来的相互影响、相互交流，以及在血缘上、文化上的一脉相承、不可分割。）

冬临淮安谒周公

雪降淮安
满眼主席的银装素裹
处处总理的洁洁白白
诞一千古伟人
这方水土
该怎样钟灵毓秀
该多少紫气东来
一片冰封
风自呜咽

江淮之间
慢车轮渡
犹在眼前
而今高铁穿梭
日行千里
恰时光
白驹过隙
叹抵终点既快
哀抛旧事速远
多少英雄下夕烟

遑论凡人情愫
这厢雪飘
那厢冻结

唯周公
无儿无女
无房无产
无坟无茔
一别家乡不复还
连骨灰
都付了远山近水
沧海桑田

巴音布鲁克的十八弯

不少地方都有十八弯
究竟是不是十八道弯呢
太较真
不如不去

巴音布鲁克更是
爬上高坡
睁开眼便醉
天那么蓝
云那么低
落日那么圆
一条银丝带
从天边飘过来
不知被谁舞动着
直晃眼

想数数是不是十八弯
数着数着
就误入苍茫
数着数着

▲ 想数数是不是十八弯 / 数着数着 / 就误入苍茫

便跌落远山

其实一道弯就够了
巴音布鲁克的一道弯
抵得上天下十八弯
好比一场暗恋
思几回
梦几回
伤几回
似梦似醒之间
她忽地从天而降
手握一朵雪莲花
站在你对面

喀纳斯湖之恋

山高乃见四季
水深乃育湖怪
喀纳斯
你在万水千山之外
一生一世一回
等我
拥你入怀

积雪是你头顶的银簪
青松是你颈项的翡翠
山腰间绿草如茵百花盛开
是你新换的彩衣裳
好让我的依恋
浓一些再浓一些
浓得化不开

我要邀你共舞
如同那一对鹰隼
在你湛蓝的天空盘旋
我要给你亲吻

如同那一朵白云
印在你墨绿的湖面
直抵心田

不能告诉你
这蜜月般的欢愉
竟藏着离别的愁绪
一阵骤雨
正从远山幽谷
呼啸而来

▼ 我困惑 / 为什么一到这里 / 就渴望成为一只鹰 / 迎风翱翔

北京 · 明城墙

城墙是鸟笼的写意
鸟是人的写意
让最尊贵的鸟活在笼子里
是臣民与皇帝的写意
斑驳的砖石
是时间的写意

清西陵

出紫禁城
过长安街
跨永定河
四天三夜
别过万人
入地宫
从此冬暖夏凉
不早朝
不秉烛御览
不提防权臣太监
不与后宫周旋
皇亲国戚近在咫尺
寂寂无声
谐和一片

放弃一切
换几顷安宁
列祖列宗
相见不如不见
免却难言之言

梦里白山黑水
醒来易水呜咽
左青龙右白虎
太行如此多娇
山河如此易碎

砖雕石刻
看家护院
摆设终究摆设
任游人穿梭
指指点点
道是身前荣耀身后体面
却羡煞人
昔日奴才贱民之后
一家家老小
穿红披绿
风一样来
雨一样去
如痴如癫

千岛湖

千岛湖上泛舟
听岛与水对话
水说
我本是山间的小溪流
有人在前面筑了道坝
所以现在请叫我湖
岛说
我本是绵延不绝的山
山沟里有一泻千里的水
有一天水不停地涨
把我困住了
所以现在请叫我岛
水说
我对你不离不弃
岛说
我与你相依相偎
水说
只是我再不能常去大海走一走
岛说
常有人举着火把

在我梦里巡游
有的是赶着骡马的生意客
有的是归乡心切的出门人
还有山寨里的男女后生
溜出家门来约会
急匆匆，一脚深一脚浅
无意间脚打滑
下面就是看不清的底
这时候我就会惊醒
摸一摸
大半个身子已湿透
乍以为是虚汗
回过神来才记起那是你
听罢，水无言
但见它涌起几层浪
轻轻拍打岛的脊

成都行

乘高铁
溯江而上
朝发苏沪
暮宿天府

成都之夜
辣椒般火红
从体院到武侯祠
从宽窄巷到锦里
一路人声鼎沸
一路火锅汹涌

一种味道
淹没一座城池
这巴山蜀水
陶醉每一只鹰每一条鱼

慢慢慢下来

从脚步到心情
蜀道不再难
空城计不必演
我是你的刘关张
你是我的松竹梅
同志兴中华
同行在蓉城

横 街

街，大多横着
竖着的大多是道
但横街只有一条
有人为了生计而去
有人为了简单的幸福
一段时间没去
就会有闹钟响起
唤醒熟悉的味道
100 路公交转步行
五分钟后讨价还价
开始入乡随俗
碰到慷慨的摊主
茄子里多把免费的葱
有时刚下完雨
太阳一露头
小篮子菜转眼空
满地懊恼
有时不见了老字号
却邂逅了旧相识
这些年好吗？哈哈

还好吧！
只是这脸上的皱纹
像横街的电线杆子
上头电线，越挂越多

傩

——参观铜仁傩文化博物馆有感

给我一个冷僻的名字
像你说的边关一样遥远

做人难，难做人
没关系
树挪死人挪活
不停地挪吧
挪遍千山万水
找一个幸福家园

不指望你懂我的艰辛
如同误闯美人怀
任她怒目以对
我不用满山的花朵献媚
也不用多情的言语表白

一草一木都是你的
我没有片砖只瓦

我仅有的诗书刻在脸上
比魔鬼狰狞
叫虎狼惊心

可在坚硬的岩石之下
流淌着九十九道清泉
我相信，终有一天
我的忧伤将扬帆漂泊
我的乡愁将升起炊烟

是啊，我渴望
娶一个心爱的女人回家
她不在意我长什么模样
只要为她上刀山下火海
她会用遍体银饰
撩乱我的想象

月光细碎铿锵
那遍地朱砂驱得了鬼
却挡不住箭射入我的梦
将喋血的令旗插上城墙
那就继续挪
挪向更远的远方
星星般洒满山河

戴上面具吧
戴着它走过遍野荒芜

并非我心怀愧疚

而是拒绝让灵魂蒙羞

宁叫“傩”

别再“挪”

街头，一只绿化鸟的内心独白

第一辆汽车呼啸而过
它惊醒
第二辆汽车呼啸而过
它想飞
第三辆汽车呼啸而过
它迟疑
若干辆汽车呼啸而过
它忘记收起翅膀
始终保持起飞的姿势
不停地问自己
在这水泥森林
往哪儿飞

回家吃饭

雨浇我
也浇景德镇
千年炉火
浇不灭

古城不古
处处互联网
照样排队

回家吃饭
其实要交钱
不用带礼物
上点税

等了一桌又一桌
景德镇
不把自己当外人
紧自己先吃
先来后到
天经地义

等吧
全世界的
五谷杂粮
鸡鸭鱼肉
都熟了
我还枕着青花瓷
梦宋元

恍惚中
五百里外
有个人
轻声唤
回家吃饭

（注：“回家吃饭”为景德镇一饭店名。）

长淮面馆

四张长条桌
一位女店主
兼厨师兼收银
一位食客
一碗高汤菜面下肚
交了五块钱
门外秋雨正稠
雨点打在路面
跳着广场舞
我打开手机
默默回复邮件
顺便告诉朋友
我在安徽
一个小县城
被雨困住
她自顾自干活
擦桌子拖地择菜
仿佛我不是陌生客
而是木讷的男主人

上方山

应该是慈悲了
为她建了座塔
塔在山尖上
像根避雷针

雷公呀，你的法器
别朝寺院砸
这寺院已遍体鳞伤
烧过塌过洗劫过
一千年啦
寺里的菩萨屡受牵连
难道你不怕

石头垒的寺庙
比不上铁打的营盘
和尚流不起啊
来要化缘去要化缘
还不如留下。苍天在上
外面的世界又怎样

▲ 山上开过多少种花 / 这里的女人就有多少朵

这山地的蔬菜香呢
这山树的水果甜呢
这后山的人家呢
特别善，还有呢
特别美，阿弥陀佛
老和尚忘不掉

老和尚是小和尚化成的

寺院被倭寇放了把火
小和尚饿得走不动路
不就在后山吗
石匠阿根家的小妹妹
和你一般高
她为你做了什么
小和尚想想会脸红

阿根的手特别巧
这里的男人都一样
听说他们帮皇帝建了
紫禁城。阿根帮和尚们
修了一辈子庙
这里的女人就不同
山上开过多少种花
这里的女人就有多少朵

小和尚后来当了住持

阿根家的妹妹一辈子
没出嫁。为什么呢
老和尚实在不敢想
小妹妹也从不对人讲
也罢也罢，佛与人
禅与道、净土与凡俗
分得清也分不清
要紧的是相互慈悲着

寺毁了重建
塔倒了重修
人走了接着生
这座山一直在
活着

我用自己的方式爱你

——为纪检监察战线的朋友们而作

羊群依恋草场
雄鹰依恋苍穹
万物以不同的方式相依相偎
我用自己的方式爱你

高山孕育江河
清泉孕育绿洲
世界处处镌刻着爱的踪迹
我用自己的方式爱你

我用啄木鸟的方式爱你
让蛀虫无处藏身
叫绿树四季常青
我用牛椋鸟的方式爱你
为你驱除蚊蝇
抚慰伤病
无论走到哪里
始终与你如影随形

我用平凡的方式爱你
如同璀璨夜空的一颗繁星
我用朴素的姿态爱你
如同水乡桥头的一尊石狮

我是读着范仲淹的诗文走过来的
（“先天下之忧而忧
后天下之乐而乐”）
这慷慨啸歌
如同川流不息的长江之水
早已浸透了我的血液

我是乘着李超琼的渡船走过来的
（“听郭外潮声澎湃
疑民间尚有不平”）
李公堤上积淀的爱民情思
早已拨动了我的心弦

天下兴亡 匹夫有责
这是顾炎武最早发出的声音
也是当代纪检监察人
内心深处的共鸣
我们始终牢记总书记的嘱托
用心诠释纪检监察人对爱的独特定义
反腐倡廉冲锋在前
整治四风驰而不息

铁腕查处违法违纪
切实巩固反腐败斗争压倒性胜利

我也曾在情与法的纠缠中
辗转难眠
可我的天平
始终站在法律和正义一边
因为我知道
鼓足刀刃向内的勇气
坚定刮骨疗毒的决心
执纪必严、违法必究
这才是纪检监察人
对党和人民的大爱所在

朋友说
别累垮了身子
爸妈说
常回家看看
纵然这字里行间蕴含真情
可我怎能忘记
敲锣打鼓不能实现民族复兴
营造风清气正的发展环境
需要无数纪检监察人默默奉献

当你为我准备好生日蛋糕
我却因突发案件
必须赶赴陌生的城市

（电话里我甚至不能告诉你失约的原因）
那一刻，你的沉默
像刀扎在我的心尖
（你流泪了）
是的
我的泪水无声地流淌
一声“对不起”
久久（久久地）
如鲠在咽

长路漫漫
栉风沐雨
我不曾退缩不曾后悔
因为有个声音始终回荡在我的心田
我爱你啊
亲爱的党
伟大的人民
充满希望的土地
我的爱人、父亲母亲
我可爱的孩子
我是新时代纪检监察人
我们
正用自己的方式爱你

开幕式

七点半坐车出发
八点整到达会场
宣传片重播多遍
表扬与自我表扬
谁都理解东道主
汗水不能白流
银子不能白花
九点一刻领导就座
场灯暗了又亮
音乐渐趋高亢
舞台溢彩流光
主持人上台
开场白后
领导致欢迎辞
领导致贺辞
领导致答谢辞
登场退场
感谢祝贺
夸奖与自我夸奖
谁都理解

做成点事不容易
需要激发能量
中间外国友人致辞
如广告中插播电视剧
稍许有点不搭
最后最重要的领导出场
我宣布×××开幕
礼成
电闪雷鸣百花齐放
我使劲鼓掌
活动活动筋骨
也为自己的坚持
送上自我表扬

自　省

独处的时候
洗碗抽烟如厕冲淋
忽然会蹦出一句国骂
却又不愿被人听见

这是醒时的梦呓
一种间歇性疾病
莫名想起某人某事
发现一份内心的亏欠

或远或近
活着或逝去
彼时爱不释手或痛彻心扉
而今如荒野中的花朵
若有心
它便是精灵
若无意
它便是云烟

如果时间够多

可以想象不同的情节
旧剧复排
或许能做一位称职的主演

假设按下删除键
删去那些带刺的桥段
和自以为是的对白
用美颜拍下自己
从图库拷贝迷人风景
从曲库下载动人音乐
导入已然斑驳的视频
重新编辑

假设除了年龄之外
不再有幼稚
假设老于世故
不是为了隐瞒
假设任性
不是因为真情
假设不眠之夜
都给了幸福
假设早知道结果
不再执拗地坚持
一切都会不同

只是升级的处理器
激活不了旧版的防火墙

即便设备联网位置共享
轻击鼠标便可触及彼此掌心
但曾经相互敞开的门
早已被时光的腐液锈蚀
透不进一丝光亮

事到如今
只能用颤抖的画外音
向昨天道歉
向深爱或伤害过的人道歉
甚至连自己都无法相信
爱和恨的刻骨铭心
是否真的堂而皇之

静静坐在观众席
回看一幕幕人生戏
常常被脚步声敲碎
来不及虚构
对得起观众的结尾

要

要工作
更要生活
要生活
更要快乐
要快乐
更要健康
要健康
是要活得更久
慢慢看
人生到底长什么样
日子还有哪些奔头
看孩子
孩子的孩子
比我们更幸福

敬　酒

依次向来宾敬酒
院长介绍
这是副院长
这是系主任
这是副系主任
这是 ××× 中心主任
这是 ××× 中心副主任
最后一位
院长介绍
这位是专心做学问的教授
我们这个合作项目由他主持
他说他不会喝酒
脸上挂满羞涩

秋收后的稻田

天空闪耀着镰刀的光芒
没有人留意她脸色蜡黄
稻谷刚刚入仓
那是她嫁出去的姑娘
叫人宁静的蛙鸣远了
蜻蜓的翅膀是嫁衣裳
她打算过一段散漫的日子
让掏空了的身子适应旅行
比如去雪地撒野狂欢
顺便探访失眠良方
好久不曾睡过安稳觉了
村庄的胃口越来越大
老农的步子愈发踉跄
田埂上传来熟悉的咳嗽
她的肾上腺素陡然上升
若无其事地话说来年春光

秋　风

一阵秋风
如凉水淋头
醒醒吧
被爱情灌醉的朋友
你需要一个结果
结婚生子
或者分手

可是，秋风啊
你并不知道
我要热恋
却不计较结果
春天
我们牵手
日子天天要新鲜
谁要不开心
恋爱就结束
想想日脚多快
春夏转眼不再
枯叶一入土

你还能剩什么

爱过
爱过
人生一世
草生一秋

品，是个有意思的字

品，是个有意思的字
品茶品酒
品山珍海味酸甜苦辣
一人一张嘴刚好
一人三张嘴多余

品，是个有意思的字
品诗品画
品高山流水世态炎凉
独处可矣
不必人多嘴杂

品，是个有意思的字
七品官——芝麻
一品官——大员
凡事三言两语搞定
方为一言九鼎

品，是个有意思的字
当官就得被人品

品官却是最难的事
一品二品三品
皇上品到驾崩
未见得品出忠奸
四品五品六品
御史品到九泉
未见得品出贤愚

品，是个有意思的字
得其道者得其势
上面一张口
下面口口应
唯命是从掩平庸
泯灭个性赢赏识

品，是个有意思的字
人死有其墓
人活有其格
扫墓者多为后人
论品时常在人后
莫道牌坊高千尺
难敌百姓一张嘴

平安夜断想

平安夜
商场比平常暖和一些

重复播放《圣诞快乐》歌
催眠

老婆是自己的好
她挑衣服，你可以一旁打盹

黄粱美梦
天马行空

爷爷在村口等我
茅屋是童年藏身之所

北风用严肃的口吻嘶吼
我将憧憬捂得更严

儿童的兴奋点跑在时间之前
雪花是膨胀希望的酵母

我喜欢宽厚的感觉
包括老棉袄与积雪

去猪圈看望伺候了一年的猪
想说点什么，无从开口

我了解爷爷
他擅长从猪油里熬出欢喜

仪式在篱笆墙里按部就班
爷爷像古老的祭司

了解神的缺点
爷爷让姐姐们回避

从小对和尚麻木不仁
却分外好奇尼姑的光头

贴对联是男孩的专利
个中原因不得而知

姜太公在此百无禁忌
是爷爷所教的第一道咒语

“烟火平安”是灶神的职责
爷爷说，他是专业消防员

众人皆赞关羽千里护嫂
却不知嫂子们都很正经

赞美或诅咒
我的信仰与生俱来

除了天空
没有更开阔的想象

神从未与我交谈
我仍叫得出他们的名字

许多神默默无语
像我家隔壁的七叔

普通人可以张冠李戴
钟馗不可犯类似过错

你看到我多脆弱
便了解我多虔诚

我的力量
在于退无可退

一碗猪蹄汤
让童年断章取义

我对村庄的眷恋
不仅仅因为有位生我的母亲

迷上古董收藏之际
我想知道村庄的年龄

爷爷叫我出门求学
或因他预见了村庄的命运

理解我如今的倦怠
因为我已知道结果

安详是一种假象
我怀疑没有痛苦的死亡

我不会拒绝主
因为我的神本来够多

我梦见慈善的爷爷
让一切各得其所

村口的土庙破烂不堪
而神们无动于衷

去过不少欧美教堂
才懂得中国崛起势不可当

从人到神
我们艰苦奋斗

人们在教堂祈祷
我被唤醒试一试衣裳

每个人都是当代史
我渴望待在睡眠深处

有人渴望陪伴
有人享受孤独

在共同的想象里获得安慰
是为了每天的安眠

想象是虔诚的基础
所以我的想象力日渐枯朽

僧人闭目臆想
众生东张西望

世界一团狂草
诸神信笔由缰

羊

快递小哥抱来一头羊
是羊的主人邮过来的
是一次夏天旅行的产物
是一面之缘结出的良心价
是记忆中的大草原

这头羊
已经没了头颅
皮毛
体温
嘶鸣
温柔
只剩下味道
羊抑或草原

若干年前
去望星桥边羊肉店
心心念念大草原
很想做匹狼
一顿吃下一头羊

可只舍得花上一两块钱
一碗汤几片肉
唇齿留香三日绕梁

现如今买一头羊很容易
却发愁
这得多久
才能吃完这头羊

牛

揣着狮子的脾气
却习惯低头
吃草、犁地
在獠牙和鞭子下
讨生活

一生也有那么几回
昂首挺胸
气壮山河
要么求偶
要么护犊

迎 宾

天边飞来的柳絮
降落在红地毯上
急匆匆扑向同伴
抱在一起
久别重逢的感觉

这地毯是为客人准备的
红色意味尊贵
却不知闲云般的柳絮
为何选在今日约会

一遍遍用扫帚驱赶
一次次枉费
奈何不得
只能放弃
如若有人怪罪
我将如实相禀
按照既定的警卫级别
挡得了闲杂人等
挡不住春的随行

一种消磨时间的方法

天，奇热
从县城到省城
一个火炉另一个火炉
一个会另一个会

热，并非出汗的
主要理由。比如
痛或虚、噩梦或羞愧
惊悚或悬疑
手游或网剧
跑步、打球
两个身子摩擦
两只拳头对峙

列出一串选项
打发时间
有些匆匆掠过
有些反复纠缠

忽然间会场空调坏了

台上台下
热得冒汗
文件变成芭蕉扇
空话蒸发了一半
套话被主持人打断
会提早散了
几个要点反倒裸露出来
如潮退后的沙滩

动车到达省城前
我沉浸于无厘头的畅想
消磨时间

我的叛逆为你所赐

曾经的甜蜜
如今是毒药
一杯你端着
一杯我端着

杯子无所谓
盛什么皆华美
我从自留地里
捧出土特产
你捧出了鸦片

我是被你陶醉的
面无表情四肢乏力
印证着你的花朵
正掏空我的一切

我在挤满有钱人的大街乞讨
向号贩子购买门诊票
向课外补习班购买秘籍
向院士购买气功

向词典购买隐喻

导弹也射不穿的盾牌呀
可你掌中的长矛
无坚不摧

你说的爱
别名叫顺从
你说的快乐
不过是衣食无忧
你说的自由
在你的自由之外
你说为我付出一切
大概是在索回
该得的报酬

我是联合机收割的麦子
进不了你的打谷场
我衣服下的尊严
已被你脱得精光
拜你所赐
堰塞湖正在幽谷生长
鹰隼正在山顶磨牙
那些春天里枯萎的花朵
灵魂正四处流浪
而塞满秋天的果实
甜蜜如你我

苦涩如你我
我甚至已免疫于毒药
微笑着
邀你干杯

最亮的灯

你是最亮的灯
亮在家里
再沉的夜色
也遮不住归途

你手术住院
灯就亮在病房
下班后
我便成了夜蛾
见面没太多话可说
就那么轻轻
摸摸你的额头
牵牵你的手

独自回家路上
忽然感到害怕
如果某一天
你我之中
有盏灯兀自熄灭
长夜里
我该往何处寻你
你该往何处寻我

拜你为师

——致本命年的儿子

儿子
告诉你一个秘密
这些年
我凿壁偷光
悄悄以你为师

从襁褓中啼哭
到跌跌撞撞走路
挎着书包上学
歪歪扭扭写字
跟随你
我已学了十二年

我补习了儿时的空白
恐龙园肯德基
乐高航模动漫游戏
无人分享的蛋糕
以及泪流满面的问题

为什么不给我生个妹妹

你从不像我对你那样
不逼我弹你会弹的钢琴
不勉强我说你能说的英语
不怪我不会下载热门 APP
不笑我不懂那些网络热词

你反对分数至上
不给我布置繁重的家庭作业
相反，常催我出去玩
去青草地放风筝
去海边戏水
去夜空寻找最亮的星星
去街头发现美食

跟着你
我越来越顽皮
约好一起出国
没征得你同意我就逃了学
说好参加家长会
我却旷课了好几回
你发着 39 度高烧
喃喃地念叨我
而我也曾溜过号
佯装没听见
每一次

我都能找到借口
加班接待出差开会

你没有埋怨
但凡通话
都会对我说一句
早点儿回家
小别重逢时
你的声音高山流水
你的笑容春风化雨
你的眼眸碧海蓝天
近来你甚至试着
利用逐步确立的身高优势
抚着我的肩头
轻松诙谐地叫我龙哥
以此给我兄弟般的感受

儿子啊
你如此平易待我
让我越来越相信
拜你为师是个正确的选择
做你的父亲
是我上辈子的修行
这辈子
我希望与你教学相长
携手奋进

学　琴

暖气弥漫的琴房
徜徉着悠闲的肖邦
你和他越来越投缘
我在走廊窃喜
他是我给你加的好友
凭手中这叠收据

下课后请你去吃肯德基
顺便说说我叫你学琴的初心

并非每个牧童都手握短笛
并非每头牛都年画般神气
当庄稼绿了原野
田埂如五线谱铺展在脚下
我曾骑着村里的那条老牛
摘一捧不同形状的树叶
挨个放到唇边
试着吹出更好听的声音

我又担心你会心生妒忌

说你的童年多快乐
蓝天碧野，放牧狩渔

哎，你我之间总有些不和谐的
音符，不知是谁弹的
好像既不是我也不是你

姥姥数学有进步

剁点青椒
倒点大酱
炖一碗香喷喷的鸡蛋

女儿女婿外孙
吃完四分之三
出门前
外孙叮嘱姥姥
这些，都您的了

三人回家发现
碗里还留下四分之一的四分之三

女婿说
不是让您全吃了吗
她回答，吃了呀
我吃完了我自个儿的那一份
剩下的
你们仨，包了

女儿说
咱妈又在犯糊涂
外孙说
姥姥数学有进步

重　逢

你的眼神故意跑题
仿佛天空写着谜底
我也抬头望望流云
像你一样若无其事

你的忧郁叫人怜惜
我的脸上沧桑几许
目光如闪电掠过往事
曾经难舍难分又戛然而止

重逢演绎成捉弄
本以为岁月已抚平一切
却发现内心挣扎只是暂停
后悔，看清了自己
所谓坚强敌不过一个直视

假如我是你的初恋

——致海子

假如我是你的初恋
我一定会健康地活着
我的年纪虽已老大不小
心还是像你爱我时
那般年轻

假如我是你的初恋
我不会在意是否春暖花开
也不会在乎房子是否在海边
无论天南地北
有柴可劈便好
有马可喂就行
有家可回则美

假如我是你的初恋
我不会放任孤独

更不会叫自己冷漠
我愿嫁给一个勤劳的男人
生一群孩子
并向他坦陈你我的故事
我还将在清明时节告诉你
为什么每一位少女
都曾梦见做一位母亲

假如我是你的初恋
我会偶尔在夜深人静时
和你一起回到从前
但有一个条件
你必须将诗歌忘得一干二净
只需将头深埋我胸口
听我的泪在血管中奔腾
如今我已为人父母
纵然有一万个理由
也不能原谅你
放弃生命

（著名诗人海子 1989 年在山海关卧轨自杀，英年早逝！他的死是多种因素所致，其中之一是与初恋情人分手，受到很大的精神打击。清明时节，有感于徐涛老师朗诵海子的诗《春暖花开》，并听到许多与自杀有关的新闻事件，速成此诗记怀。）

爱情危机

信号灯亮了
红不能自动跳绿
无人修理
工程师身陷危机
不同厂家
不同型号
两款芯片
组装成一台机器
版本代差
负荷太大
黑客攻击
可导致系统崩溃
关机或断电
需要时间重启
冷处理
独自想想过去
缘分不是宿命
暗藏许多工序
暗恋、牵手
相拥、云雨

一串简单代码
曾是年轻时的标配
由春到了夏
由夏到了秋
寒来暑往
缺乏保养
部件老化
信号衰退
别等到冰封万里
趁早修修根服务器
其基于五脏六腑
要与锅碗瓢盆兼容
要与柴米油盐匹配
或重新编程
此项服务价格不菲
或系统升级
植入起搏器
与医药代表好好谈谈
剔除没良心的暴利
让血流顺畅
心电复常
搞一场工业革命
同时文艺复兴
给爱情一个小院
种几朵新鲜玫瑰
给生活换个齿轮
抹点润滑剂

“人”就是一撇一捺
相互支撑着
同一屋檐下
既不是两根擀面杖
也不是什么高科技

禁　地

曾在某个地方住过
离开后从未曾回去
不愿回去的理由
主要不是因为
老房子已经拆迁

一些隐秘的往事
只在夜深人静时想起
我担心故地重游的脚印
像在古城墙上
刻下歪歪扭扭的文字
煞风景

那是一片禁地
只可远望
不可贸然闯进

鸟　窝

整个冬季
树与鸟窝紧抱在一起

鸟窝是树挺着的大肚子
怀孕的树是骄傲的
因为不是每棵树都能
怀上，鸟窝是大红花
鸟窝是光荣榜
狂风也吹不掉的熟果子

去北京的高铁上
我猜，树恋着鸟窝
是因它记住了两只鸟的爱情
以及窸窣了整个夏天的小鸟
的语言，记住飞翔和离别
记住重逢，或许五月
这些是它面对风雪和寒夜时
唯一的消遣
是它活下去的理由
并且，深深地陶醉自己

生命为了深爱的人盛开

——为 2020 年初春的“逆行者”而作

说不清
冬至立春相隔多久
惊蛰了
时而寒潮时而暖流
一朵云
从魔幻小说中逃脱
乌蒙蒙
笼罩村野城郭

生活的精彩突然断了电
时光的欢快按下暂停键
美好本是易碎品
战争没有标签
不必硝烟

我看见
长城上的烽火台
我听见

长江黄河在澎湃
深秋的种子
从残雪消融中醒来
不屈的中国
默默孕育更美的春天
孩子们会明白
生命为了深爱的人盛开

送别新刚

分别前的几小时
喝茶抽烟枯坐
想不起还有什么需要叮嘱
如今丰衣足食
各有各的工作生活
难免有不言之隐
也无须再唠叨
徒增彼此烦忧

几日团聚
一年中难得的欢愉
却把时间冷漠了
不知它去了何处
喝茶抽烟枯坐
静下心来
捋一捋凌乱的节奏
两小时后
你就要登上北去的列车
既然留不住
就用默默祝福
驱散别绪离愁

贺老曹阿青结婚九周年

西山
长在太湖中
水灵灵的
阿青长在西山
也是水灵灵的

西山四季繁花
每一朵都能结出果实
枇杷杨梅水蜜桃柑橘
样样有名

阿青是西山最艳的花朵
结出的果实最大最多
一粒果子如同一块金牌
最重要的两个
名叫“果果”“多多”

阿青的爆发力世界第一
性格却像西山水果清脆甘甜
有位先生洪福齐天

老曹阿青举案齐眉

全世界都记得一幅画面
那是 2008 北京奥运
老曹为阿青取下披巾
拍拍阿青腰背贴耳叮咛
阿青点头会意跃上赛台
力拔山兮勇夺冠军

那一刻
看着直播群情激昂
为中国举重队鼓疼了手掌
比赛服上的五星红旗
随胸口起伏
终生难忘

如今他俩经常合照
老曹习惯性扶着阿青细腰
扶腰的男人更懂得责任
被扶的女人更会做女人

老曹八块腹肌精力旺盛
大碗喝酒　大口吃肉
肝胆侠义　刚中带柔
退而不休壮志凌云
相妻教女二次创业
阿青驰骋职场低调谦逊

家庭事业比翼齐飞

结婚九年初心如一
高山流水琴瑟和鸣
新疆同行偶遇佳期
天山脚下举杯同庆

打起手鼓吹起苇笛
祝福的歌声展翅草原
送一棵雪域青松
祝爱情常青
赠一匹伊犁骏马
祝前程似锦
给你们满天繁星
祝儿孙满堂
报国孝亲

一记长传

周杰伦和我同在体育场
他在那一头我在这一头
隔着 LED 屏和十二间临时厕所
隔着荧光棒搅碎的人影绰绰
响起低音炮，提着裤子跑
冲向半癫半狂的语法和腔调
一次黑场换来一阵尖叫
无唱胜有唱，唱亦未必唱
那个叫作音乐的东西
谁知道究竟该长什么样
周董带来董事会和工厂
厨师医师教师他是耳朵修理师
胸口按摩师痒痒撩拨师
不知道为什么神魂颠倒
不知道周家在台北靠近 101
甘愿掏半个月薪水找虐
变着法子虏我几小时
漫无方向遛我一通宵
有没有双截棍不重要
听不听妈妈话不重要

只想一起哼哼到嘴抽筋
摇摆到腿抽筋、挥舞到手抽筋
反刍青春心抽筋。前赴后继
涌上流水线等贴牌，成周迷
不那么反感简单粗暴
似是而非效果刚好
不安稳的夜在发酵
不呆板的星星在舞蹈
不整齐的手臂将恋爱拥抱
那个艺术的周董陌生又熟套
那个在一脚射门之外的周董
我正奋力抛给他一记长传
不计较落点，只想飞得够高

尖叫的花朵

——演唱会纪事

你发出花朵的尖叫
展开万朵梨花的盛景
仿佛花蕊召唤蜂群
仿佛一腔蜜等待奉献
仿佛养蜂人都是天使
你不吝捧出整个春天

披雨沾露的花朵
眼神放射闪电
照亮炫酷的舞台
乌云从一小撮老花眼中涌出
被劈成几片愁云

心底的风暴酝酿已久
尖叫的花朵
仿佛从冰川中复活
仿佛从长夜中苏醒
深情端详心中的太阳

花朵是裸露的器官
你裸露自己
在今晚找回自由
瞬间穿越千古
从野蛮走向文明
恰如我巧遇的化蛹成蝶

大声说出对天空的想象
让自己活成凤凰
从一条龙到一根牙签
这是你上下翻飞的高度
从公主到柴米油盐
这是你可以挥霍的本钱
我被烟草伤了青春的喉
发不出你的尖叫
却忍不住为你献上赞美

林宥嘉演唱会

一个人的小屋子
听磁带的日子
站在了对面
从一到万
青春许多年
认真的林宥嘉
闪烁的光与电
比不上一首老歌
来得惹是生非
旧情复发
才发觉暗伤未愈
不后悔：用门票
换一张创可贴
你是我的眼
代我去翻看
那些早已撕光烧光的
旧日记老照片

总有花儿在风中绽放

——献给白血病患儿

你好吗？朋友
此刻，面对你
心中难免惭愧
我对复杂的医学问题所知甚少
更没有能力回答
为什么受伤的偏偏是你

许多次，我试着想象
在弥漫着药水味的清晨
当你从梦中醒来
面对洁白的床单、墙壁
你将怎样规划接下来的一天
打针、用药、吃饭、午睡
和爸爸妈妈隔着玻璃聊天
等着鸽子闯入眼帘
我想知道
你是否会在蔚蓝的天空
写下小小的心愿

我是带着心愿来的
甚至像犯了错的孩子
不敢直视你的眼睛
直视你长出淤青的手臂
直视你捂紧口罩的脸
但我还是隐隐地渴望温存
比如一个拥抱一个亲吻

我是带着托付来的
临行前
你的课桌和教室
操场和池塘
同学和玩伴
他们都来找我
要我向你问好
他们说盼你早点儿回去
他们要你在孤单的时候
好好地照顾自己
并且，一定要相信奇迹

他们说
每一个你都是奇迹
所有的伤病痛楚磨难曲折
只是为你创造奇迹而设置的考题
等着你勇敢面对

我听说你的表现足够好
有时候
你比爸爸妈妈还懂事
你的笑容是清风
足以荡涤满脸乌云
你的坚强是阳光
足以催开希望的花蕾
有时候
你是医生叔叔护士阿姨的开心果
一句小大人似的话
一个异想天开的问题
会让他们笑出泪来
会让他们的疲惫烟消云散
会让他们的汗水有滋有味
有时候
你还是一位小老师
叫善良的人们更加善良
也给迷惘者学习的机会
重新思考生的意义

我承认
有些路的确走得艰难
有些事需要时间改变
但你记得萤火虫吗
一只萤火虫的光脆弱
可当百只千只万只萤火虫汇聚在一起
夜还是夜吗

它一定是璀璨的星河磅礴的诗篇
一定是生命的礼赞
足以驱散黑暗的火焰

朋友，请相信
你曾无数次用清脆的童声
歌唱过的祖国
已经被同一个梦想点燃
越来越多的手攥在一起
正合力为你打开门窗
你会看见
阳光在树梢间跳跃
风筝飞舞在青翠的蓝天
足球在绿草地上奔跑
等你盘带过人射门得分
所有人将为你点赞
你会发现
爱的世界没有荒原
总有花儿在风中绽放
春天，从来不曾走远

贺苏芭苏交《天鹅湖》公演

舞台与布景
森林与宫廷
白与黑对峙
爱与恨撞击
传世经典
尤似扛鼎
美，如此厚重
却被纤细的脚尖
稳稳托起

光与影
视与听
快与慢
动与静
鹅毛一羽
精致如斯
美，如此多娇
却被灵巧的手指
轻轻举起

高山流水
是天地的咏叹
琴瑟和鸣
是心灵的欢愉
苏城劲旅
共襄盛世
美，如此珍贵
却被 2019 的初夏
悄悄藏起

曼哈顿

——纪念 2019 苏交联合国演出成功

头枕曼哈顿
千禧希尔顿第三十三层
独自一条船
漂泊大洋彼岸
天空海水般湛蓝
群楼水草般招摇
明灭的窗口
闪动美人鱼的眼
梦随波起伏
依旧说着中文
马达声忽远忽近
警笛撕裂黄昏
一曲百老汇的冲动
情节曲折逼真
为了女孩们的丰乳肥臀
我甘愿修改章鱼
蜘蛛人因此蜂拥而至
爬满特朗普大厦

又如多情王子
每日每夜挥霍青春
街角狼突白色蒸汽
证明一座活火山的存在
几个倒霉蛋抱着冲击钻
努力打开生锈的历史
期待遇见先辈们孤独的
灵魂。噢，曼哈顿
你这美利坚的一抹红唇
我不能给你热辣的亲吻
只在联合国的胸口
绣一朵茉莉花
为你褪色的衣衫
添一抹缤纷

昆山之路

——为纪念昆山撤县设市三十周年而作

有一条路
导航时无法下载
地图上没有标注
可这里的人们
一直沿着她奋力奔跑
她引领我们前行
她筑在我们心中

有一条路
看不见乌篷船的身影
听不到发动机的轰鸣
可这里的人们
时刻感受着她的存在
她让我们读懂希望
她让我们收获幸福

她与娄江、吴淞江作伴
她以阳澄湖、淀山湖为友

她怀抱玉山、锦溪
她依偎上海、苏州
她牵手海峡两岸
她联通一带一路

她有个朴素的名字
人们叫她“昆山之路”
她有个响亮的名片
中国百强县之首

她是幸运的
自古郡县治天下安
可她从不曾像今天
如鱼得水，尽展风流
娄邑、鹿城、新阳都是她的乳名
两千两百年长路漫漫
两千两百年跌宕起伏
她终于等来一个伟大的时代
并勇敢地成为这一伟大时代的翘楚

我想你一定记得
1989 年之后的那一个个里程碑
首个台资企业落户
首个投资总额超 3000 万美元项目落地
首个县级“国家知识产权示范城市”获批
首个省内“2035 版城市总规”通过审议
这一个又一个“首个”

已经定格在历史的画卷

可谁又能记得
这一切背后究竟隐藏着多少艰辛
据统计
为了全省第一个中日合资项目获批
你跑了 102 趟南京
为了全国第一个出口加工区获批
你跑了 84 趟北京
（那且行且慢的绿皮火车
承载了太多斑驳的记忆）

谁又能记得
那时的你是怎样的年轻
却不知在何时
眼角的第一缕皱纹开始了蔓延
（远去的青春时光啊
为什么总叫人那样留恋）

我想你一定懂得
争第一难，保第一更难
逆水行舟，慢进亦退
你始终保持“归零心态”
在昆山之路上蹄急步稳激情跨越

是的，你是睿智的

如同绿茵场上的精彩对决
面对错综复杂的局面
你总能谋划在前、预判在先
送出精准的直传球
形成单刀，一骑绝尘
在开放创新的点球位
果断射门
扩大比分

两点成线三点成面
无数个点同心方能成圆
今天的昆山人
正选择以圆的姿态
（圆轮的姿态）
驱动高质量发展滚滚向前
因她比别人更了解那些圆形物体
（祖冲之，娄县县令
正是在昆山
为人类进一步揭示了圆周率的奥秘）
比欧洲早了整整一千年

致力创新的禀赋
让昆山如春笋遇见春天
平地崛起昆山杜克大学
大手笔建设中科可控超算中心
前瞻性布局深时数字地球项目
加工厂升级为产学研联合体

院士工作站取代周末工程师
昆山制造正加速向昆山创造转变

今天的昆山
全力推进现代化建设试点
怀揣天下兴亡匹夫有责的信念
（这是昆山人顾炎武最早发出的呐喊
擦亮了无数曾经迷惘的双眼）
我们不忘初心牢记使命
打造“国家一流产业科创中心”的征程
日出东海，曙光乍现

一个昆山人是圆
两个昆山人便是同心圆
270 万昆山人团结一心
这巨大的同心圆
必将无往不胜无坚不摧
昆山是个同心圆
有容乃大汇天下英才
十万台胞安居乐业
百万新昆山人直把鹿城当故园
（一年昆山人一生昆山情）
昆山是个同心圆
平安昆山有你铁血丹心
美丽昆山有他披星戴月
文化昆山有我以民为天
（所谓岁月静好

不过是总有人遮风挡雨、默默奉献）

昆山是个同心圆

她的直径就是昆山之路

她的心就是

中国心

又到画龙点睛的时候

——龙舟赛之歌

相逢在熟悉的码头
是对手也是朋友
英雄的梦想一起追逐
我们爱上百舸争流

水的柔情难以捉摸
还好有你风雨同舟
随着鼓点桨起桨落
龙的脚步勇闯九州

相聚在熟悉的码头
是朋友也是战友
腾飞的梦想一起追逐
我们爱上搏击中流

水的激情难以琢磨
我们紧握命运之舵
拼尽全力桨起桨落

龙的脚步浪花朵朵

又到画龙点睛的时候
擦亮曾经迷离的双眸
水天之间绘就人生画卷
一笔一画超越自我
又到画龙点睛的时候
点亮溢彩流光的双眸
水天之间谱写生命乐章
一点一滴温暖你我

遛　狗

带你放风
去草地享受自由
我顶着月色星光漫步
你却不抬头
鼻子像探雷器
贴着草地转悠
我怀疑
你的嗅觉真的能超越视觉
在空空荡荡的草地上
看到我所看不到的景色

我仰望夜空想起家乡
你不时驻足思忖着什么

微醺者说

你不懂曹操
你不懂李白
你不懂喝酒人的情怀
喝的是场合
喝的是气概
喝的是对酒当歌的豪迈

你不懂酒规
你不懂酒章
你不懂酒文化源远流长
谈风花雪月
论天下兴亡
一壶浊酒唤起热血儿郎

自古英雄欢玉液
也曾醒后悔断肠
坚持喝好不喝倒
几斤几两须自量
你若不行别勉强
我自沽取二三两

别劝我
我有数
片刻孤独亦自由
心中冷暖谁能知
人人胸怀小宇宙

香醇的美酒藏着自然的珍馐
想起阳光雨露与结痂的双手
让我静静品味这莫名的乡愁

别劝我
我自己喝
喝多不算什么大过错
再“团”个外卖
加几碟小菜
城南的东北餐馆有我最爱

鱼化石

山脚小溪里的石头
白得像三清山的牙齿
牙缝里塞着鱼鳞
阳光下熠熠生辉
一条被活吞的鱼吗
我断定它还活着
仿佛最后一次跃出水面
深呼吸，将时间吸入腹中
再不曾老去。犹记得当初
与一块石头邂逅
如同受精卵
爱孽无法自主
又如同神女与国舅
原本手牵手
忽然间天崩地裂
慌忙中将这信物
遗落山谷。直到遇见我
幸运的邂逅啊
一错过又将万万年
徒留彼此孤寂

一条穿越千古的鱼
此刻正端坐于我的书桌
从那渐次打开的窗口
传来脉搏般轻柔的诉说
它躲过霸王龙的尖爪
躲过陨石的撞击
躲过白垩纪的冰川
却发现绝不能与天为敌
它说也许用不了多少年
你会懂得我的思念
如同你像我一样
懂得此身离故乡多远

魂　灵

如果有魂灵
想必是件好事
它应该比一副躯体轻巧得多
会飞
飞在月色星空
飞在门前梢头
飞在墙角檐脊
或沉入枕头
于梦中流连

它是从躯体中解放出来的
胜利的一方
面对泪水和火焰
躯体任人摆布
唯有魂灵超脱
飘在风中
俯瞰一切
叫居心叵测者忌惮

哪怕生前凄惨

也未必是凄惨的魂灵
它将生出愤怒
控诉人世的不平
哪怕生前荣耀
也未必是幸福的魂灵
死亡面前人人平等
常常为人忆及
才显示生的特别

冬天的蚊子

在寒潮中游荡
像一位冬泳大妈
没意思贬低谁
站在蚊子的立场
它无疑是勇于超越自我的大咖
不能说生物钟乱了
不能怪气候变化
更不能因失去一丁点儿血
便给它致命惩罚
毕竟满目疮痍时
稀缺的莫过于夏季表达
目送它走吧
将最后的裁决
交给苍茫

岛　恋

如果你是一颗星球，那么，就请给我一个夏日的星空，让我告诉你，其实，你并不孤单。

如果你是一棵小树，那么，就请给我一片荒芜的戈壁，让我告诉你，其实，你并不平凡。

如果你是一只夜莺，那么，就请给我一个迟到的黎明，让我告诉你，其实，你就是我的期盼。

如果你是一艘航船，那么，就请给我一座高耸的灯塔，让我告诉你，其实，你就是心的召唤。

你是岛，是鱼儿仰止的高山；
你是岛，是鸟儿栖息的家园；
你是岛，是大海跌宕的见证；
你是岛，是水手甜蜜的港湾。

许多年前，你是妈妈童话里的故事，是蝴蝶谷、怪兽山以及失落的侏罗纪公园；妈妈用香甜的鼻息温暖我的脸，而你丰富着我的梦，将渴望与好奇的种子，播撒在心田。

许多年前，你是我翻烂了的教科书，是“不知有汉、无论魏晋”的桃花源；是辽阔海疆，小小地球仪上的星星点点；是鲜艳的红旗、挺立的界碑、一往无前的战舰；是赤子的豪情与浪漫，战士的忠诚与勇敢！

许多年后，你是我心中的伊甸园，见证了我懵懂的爱情、忧伤的初恋；你远离世俗、一尘不染，是金庸、琼瑶钟爱的开篇；你让我的每一个毛孔自由呼吸，不再娇羞，不再腼腆；于是，我对世界大声地说，为了你，请赐我一个神秘的小岛，我只要一句承诺、一间茅屋、一群孩子、一个永远……

又是许多年后，当我阅尽繁华，历尽坎坷，忽然间，有一天，我感觉我其实需要一个拿破仑的厄尔巴岛之夜——是的，我需要一个孤独的小岛，赐我静谧，为我疗伤，替我洗涤。你不再是马尔代夫的旖旎风光，也不再是夏威夷的浪漫情怀，你是画给一个人看的明月，你是唱给一个人听的涛声，你是我驻守肺腑之间的莫逆之交、良师益友。

是的，你是岛！一个古老的图腾，植根记忆，伴我成长，给我启迪。

是的，你是岛！或许是一块不足立锥的礁石，或许是养育整个民族的土地，傲立风雪，生生不息。

是的，你是岛！注定与水为邻，或将孤独老去。但我，我们，从不曾怀疑过你强大的内心：不仅有山的刚强坦荡，更兼具水的忍耐柔情！

是的，刚强坦荡、忍耐柔情，这就是岛的属性，也是我如此眷你恋你的原因！

我们刚强，拿得起、放得下，胜不骄、败不馁。

我们坦荡，不求尽善尽美，但求无愧于心。

我们忍耐，筚路蓝缕、百折不挠，成功从来不是天上掉下的馅饼。

我们柔情，爱国爱家、有情有义，懂得责任与担当、感恩与回馈……

海内存知己，天涯若比邻。正是共同的期许，将我们紧紧连在了一起。我们深信：

自私自缚，每个人终究是孤岛；

携手大爱，每个人终会有春天！

家　园

都说家园是家乡
明月千里两相望
阡陌间车来人往
多少他乡似故乡

电话里对爸妈说平安无恙
却无法对你隐藏点点忧伤
再苦再累与你共成长
你越来越美我越来越坚强

心归何处家就在何方
爱满家园他乡又何妨
我爱你伴我前行的梦想
我爱你等我回家的姑娘

一起马拉松

迈开脚步就可以奔跑
这简单的幸福真的很好
离开襁褓一直跑到老
你知道这件事值得骄傲

只要有路就可以奔跑
这四季的烟雨真的很好
离开襁褓一直跑到老
你知道这件事值得自豪

沿途的风景美不美不重要
虽然也会和阳光雨露搂搂抱抱
可终究没什么能代替你
陪我奔跑，在马拉松赛道

一起马拉松，不仅仅是奔跑
生命就像起伏赛道
纵然艰辛，决不放弃
做更好的自己就不算输掉
一起马拉松，不仅仅是奔跑

人生就像漫长赛道
永不停歇，爱的心跳
拥有你世界才更美妙

▲ 攀上雪峰 / 爬上云端 / 我住进一万年的虔诚

仿古体诗16首

小　草

青青河岸草
不问枯与荣
但随春风便
冷暖皆从容

身矮为人踩
身高可作柴
贵贱似流水
千古一尘埃

湖边即景

雏鸭水中游
顽童扮枪手
一个举枪射
一个急逃走

逃走复又回
两小相嬉戏
那位无玩伴
这位独生子

桃花岛咏芦

柳丝披新绿
芦苇仍蓑衣
春风善裁剪
难言一刀齐

蒹葭解人意
先柳再桃李
龙舟竞渡日
叶叶寄相思

登桃花岛

金鸡湖心桃花岛
紫氤阁中无尘器
满眼风光且不顾
只等桃花二月韶

桃花本是多情物
常向幽处添纷扰
众人亦爱临湖居
哪管湖仙恼不恼

清明·忆双亲

清明时节雨
泪流双亲魂
俯瞰尘世间
儿今意沉沦

清明 · 悼陆文夫

年年祭扫路
必经文夫坟
上坡三十步
行程一两分

生前非好友
隔世成故人
缘起一通话
数语暖平生

听风听雨／听万籁俱静／
听心中的河流／浅唱低吟

清明 · 东山（两首）

（一）

坡上文夫墓
坡下岳丈坟
一位苏北汉
一位龙江人

流连复辗转
同眠在东山
闲来如烦闷
不妨勤串门

（二）

相聚且为欢
把酒共纸钱
何言身世迥
但见青山同

春来品碧螺
秋濯洞庭波
莫恋儿孙亲
一岁一清明

门前柳

秋来黄叶落
春到绿烟稠
无言伫窗外
有情伴寒暑

风动路人过
低腰手护头
无暇拂垂柳
匆匆向前途

贺第十届金鸡湖端午龙舟赛

粽子天天有
古风日日疏
温饱天下乐
何人记离愁

桨起力排空
桨落惊飞舟
九歌换新曲
华夏更抖擞

谭咏麟演唱会

致敬谭咏麟
歌坛树常青
声声追往事
句句叩心扉

讲不出再见
爱恋添离愁
半梦半醒间
知心曾玩偶

夜宿十里芳菲

竟日杭州闹市归
乌篷桨橹披星辉
疑入桃源绝尘地
醉向秋鸣问往昔

阳朔烟雨

风雨起青山
烟云且为天
一峰一枝伞
愿做伞中仙

远山披水墨
近岭忽斑斓
更添一抹晴
妆点半日闲

访岳麓书院即兴

岳麓山中爱晚亭
片片丹枫映红心
三湘归海成大业
赫曦泽东寰宇行

青春做伴向寒暑
投笔凡尘举世惊
古今圣贤同一脉
诗书礼义家国情

游漓江

愿为漓江水
徜徉群峰间
翻作浪花开
秒览一片山

山美无须险
争芳不斗艳
经游三千滴
归海复何憾

雾中涌泉寺

两树五百岁
一镜一千年
鼓山罩迷雾
泪眼见涌泉

福州思福报
鼓岭闻鼓鸣
蜿蜒人生路
恩重风雨情

后　记

2000年年初，我被抽调到学校庆典组帮忙。这是一个临时机构，负责建校百年庆祝大会筹备工作。

某日，文娱组的朋友郑庚找我，来意是：校庆文艺晚会的节目基本备妥了，可唯一的语言类节目诗朗诵却不满意，想请我救急，两天内交稿。这让我挺为难。即便是五六分钟的表演，这诗也得要千把字；这么长的作品，我此前从未写过。可看他火烧眉毛的样子，也只好硬着头皮，答应试试。

下班回家，立马开工。熬到半夜，却没能挤出几个字。一狠心，不管了，睡觉。没曾想，大约凌晨五点多，突然就醒了。赶紧下床，提笔疾书，及至天亮，一首诗竟然就娩下了。因为苏州大学前身——东吴大学所在地，名叫“天赐庄”，所以我就给它起了个名字——《天赐情怀》。

上班后，拿给朋友看。看着看着，朋友说：“我浑身起鸡皮疙瘩了。”后来才知道，他的表达和我所理解的不一样。在我看来，碰到蛇、老鼠之类瘆人的东西，身上才会起鸡皮疙瘩；而他的意思却是，他被这首诗感动了。

结果诚如所愿。经一男一女两位同学深情演绎，视频灯光舞美有机配合，这首诗在舞台上竟然放了异彩，收获了不少师生、校友的掌声、热泪。

校庆过后，我回原单位上班。一天，忽听办公桌上电话铃响，拿起听筒，里面传来一个厚重而陌生的声音。他问：“你是陈龙同志吗？”我说：“是啊，您是？”“我是《苏州杂志》陆文夫。”我一惊，如雷贯耳的名字，中国作协副主席、《苏州杂志》主编，谁能不知道？内心便激动起来，可又将信将疑，说：“陆主席好，您可是我的偶像啊！您真的是要找我吗？”他说：“我是在找你呀！我从范培松教授（范教授是我的博士生导师——笔者注）那里看到了你的《天赐情怀》，觉得你很能写啊！我想在《苏州杂志》上发表这首诗。今天给你打电话，就是想问问你，是否同意让我们杂志发表这首诗？”我脱口而出：“同意同意！”末了，他说：“谢谢你啦！希望你今后多给我们《苏州杂志》投稿……”

时至今日，这通电话始终在我耳边回荡。我之所以把它完整地记录在这里，是想值此诗集面世之际，谨向文夫先生的在天之灵表达我的由衷敬意！我常想，以文夫先生的名望，为了一位素不相识、名不见经传的小人物的一首诗歌，他大可不必亲自给我打电话，只需随便交代个手下办就行了。对他而言，这或许是举手之劳；对我而言，却至少有两层含义：一是对年轻人的殷切勉励，二是对写作者成果的充分尊重。

不久，《苏州杂志》果然发表了我的《天赐情怀》。它成了我公开发表的第一首诗歌作品！

这段值得回忆的往事，是我以“天赐情怀”冠名这本诗集的两个原因之一。

另一个原因，则与我对诗歌写作的粗浅认识有关。

古人论诗，有“诗言志”“诗言情”“诗歌合为事而作”等诸多观点。欲弄清其中的分别，无疑是很烧脑的事。在我来看，自从白话文运动以来，诗歌经历了深刻的“形式”革命，从“戴着镣铐”的状态中脱茧而出，其生命活力已经得到了极大的释放。打个比方，白话诗之前，诗歌如缠足的小脚女人，你让她去跑马拉松，那就是强人所难，几无可能；白话诗之后，拥有一双自然、健康的脚，再跑马拉松就会容易得多。也就是说，诗歌发展到今天，已经拥有了无限的可能性。它有能力去反映社会生活的方方面面，有能力去表达普通人内心各种复杂而细腻的情感、思辨、顿悟。只是它会用自己的方式去做！这种方式，简而言之，就是诗化的语言和灵动的结构，一种力求挣脱现行语法束缚的诗性语言，一种追求陌生、渴望语出惊人的话语体系。

话说回头，这种方式并不神秘，完全可总结、可学习、可借鉴、可超越。从某种意义上说，写诗就是个技术活。熟悉、掌握了相关技术，再加上兴趣和勤奋，写首好诗应该不会比写篇好的演讲稿难度更大。

我一直反对诗人“天才说”。因为它会严重制约诗歌普及和发展。老天是公平的，我认为绝大多数人都有成为诗人的潜质；反过来大概也成立，即绝大多数诗人都不是所谓天才。基础是兴趣。对诗歌，“天生就好这一口”，这就是个好开头。有了兴趣，就会有意识无意识地关注诗歌，积累相关知识，琢磨其中的道道；手痒痒了，就自己比画比画，勤写勤练，熟能生巧，慢慢就会有所收获。写诗的技术，可以自学也可以靠传帮带获得。我觉得它和泥瓦匠的工作差不多，一个码文字，一个码砖头，相通的。写诗就是按照设计好的结构，把文字像码砖头一样码上去。当然，这设计图要自己画，算是高级点的泥瓦匠。

写诗也有比泥瓦匠轻松的地方。

比如，不需要赶工期。作为爱好，空了就写几句，开工竣工日期可以自己定。本诗集收录的不少作品，就是笔者在火车或汽车上草就的。碎片化的时间，犹如不起眼的尘土，经年累月，扫把一扫，便可扫成一堆。工作忙的人适合写诗歌，因为诗歌灵活，可长可短，写一个感想之类的东西，本不需要太多的时间；只要坚持写，就能看到颇丰的成果。

再比如，泥瓦匠常会担心材料价格变化，写诗则无此忧。汉字是老祖宗留下来的，全免费。至于其他材料，就更不缺了，同样也是零成本。我们这个时代，无疑是伟大的时代！世界局势天翻地覆、国家面貌天翻地覆、人民生活天翻地覆、个人境遇天翻地覆。只要不甘心做将头埋在沙地里的鸵鸟，只要多一点家国情怀，每个人都可以获得取之不竭的创作素材。

又如，泥瓦匠干的是苦累活，写诗却有放松的功能。身体累了，心情差了，不妨换个频道，写写诗，天马行空一番，就会获得类似卡拉 OK、掼蛋之类的功效。

总之，做个诗人并不是想象的那么难。我只是个普通人，之所以也能够捧出一本诗集，将它呈现在读者面前，我想一定是“天之所赐”。这个“天”，是中华民族代代相传、与时俱进的强大诗歌艺术基因，是我们这个波澜壮阔、放飞梦想的伟大时代！谓之“天赐情怀”，似不为过。

最后，围绕这本诗集的出版，我要感谢：给予出版经费支持的苏州市文联，为本书作序的著名诗人小海先生，一直给予我创作鼓励的范培松教授、江涌教授、王尧教授等，苏州大学出版社盛惠良、李寿春等领导和各位编辑，为本书提供精美摄影作品的戴净女士、查振峰先生，帮助联系对接的朱红梅女士、聂梦鹞女士等。我还要特别感谢家人，尤其是我的夫人董丽娜女士和两个孩子，他们会第一时间看到我的作品，并及时给予批评、指正！

图书在版编目(CIP)数据

天赐情怀 / 陈龙著. —苏州: 苏州大学出版社, 2021.10(2021.11 重印)
ISBN 978-7-5672-3507-6

Ⅰ.①天… Ⅱ.①陈… Ⅲ.①诗集-中国-当代 Ⅳ.①I227

中国版本图书馆 CIP 数据核字(2021)第 212067 号

天赐情怀

著　　者　陈　龙
责任编辑　李寿春
装帧设计　吴　钰
出版发行　苏州大学出版社
地　　址　苏州市十梓街 1 号
邮　　编　215006
电　　话　0512-67481020
网　　址　http://www.sudapress.com
邮　　箱　sdcbs@suda.edu.cn
印　　刷　苏州市深广印刷有限公司
开　　本　700 mm×1 000 mm　1/16　印张 18.25　字数 209 千
版　　次　2021 年 10 月第 1 版
　　　　　2021 年 11 月第 2 次印刷
书　　号　ISBN 978-7-5672-3507-6
定　　价　60.00 元

版权所有　侵权必究